喰

聖《せい》なる捕《ほ》喰《しょく》

宮《みや》緒《お》 葵《あおい》

ILLUSTRATION：亜《あ》樹《き》良《ら》のりかず

聖なる捕喰

LYNX ROMANCE

CONTENTS

007 聖なる捕喰

149 聖なる堕落

254 あとがき

聖なる捕喰

予想外に長引いた生徒会を終え、美鶴《みつる》が中学校から帰宅すると、家の中は真っ暗だった。いつもなら出迎えてくれるはずの母親の気配も無い。

弟を連れて、買い物にでも行ったのだろうか。訝《いぶか》しみながらリビングの灯《あか》りを点《つ》けると、ソファに毛布がわだかまっていた。弟がお気に入りの、赤いチェックの毛布だ。

「……宝《たから》？」

「…お、…おにいちゃん…っ！」

もしやと思って呼びかけると、ばっと毛布を跳ねのけ、弟の宝が飛び付いてきた。難無く抱き留めた小さな身体《からだ》は、小刻みに震えている。

「お前一人なのか？　…お母さんは？」

「わ、わかんない…。ずっと前におうちを出て行って、帰って来ないの…」

嫌な予感がしたのは、ここ最近の母親の言動に不審を覚えていたからだ。ふとテーブルの上を見れば、朝は無かったはずの白い封筒が置かれている。

美鶴は弟をなだめ、二人並んでソファに座った。封筒を開けると、中には予想通りのものが入っている。母の字で綴《つづ》られた手紙と、母の署名捺印が施された離婚届だ。

「ふっ……」

手紙の内容までもが予想通りで、美鶴は失笑する。くすくすと笑う兄の制服の裾を、ぴたりと身体をくっつけて座る弟が遠慮がちに引いた。

「おにいちゃん…、お母さん、どうしちゃったの…？」

不安そうな、けれど兄を信じて疑わない純粋無垢《むく》な瞳に愛《いと》おしさがこみ上げ、美鶴はふくふくとした頬《ほお》を撫《な》でた。

「…お母さんはね、もうお家には帰って来ないんだよ」

「えっ……!? う、…嘘《うそ》、だよね…？」

「本当だよ。僕が宝に、嘘を吐《つ》いたことなんて無いだろう？」

ひたと眼差《まなざ》しを合わせれば、宝はぐっと息を呑《の》み、拳《こぶし》を震わせながら頷《うなず》いた。幼い弟にとって、兄は世界の全《すべ》てだ。そうなるように育てたのだから。

「…なんで…、お母さん、帰って来ないの？　…た、宝のこと、嫌いになったから？」

「そうじゃない。…ただ、お母さんは僕や宝よりも好きな人が出来て、その人のところに行ってしまったんだよ」

「…っ…、う、…か、…ぁ、さんっ…」

お母さん、お母さんと泣きじゃくる宝を抱き上げ、膝《ひざ》に乗せてやる。美鶴は何の躊躇《ためら》いも無く縋《すが》り付いてくる小さな身体を抱き締め、頼りない背中を撫でる。

「泣かないで。…宝には、僕が居るから」

「…に、…にぃ、ちゃ…っ…」

「…それとも…宝は、僕だけじゃ嫌？　お母さんの方がいい？」

耳元で問いかけたとたん、宝は制服の胸に埋《うず》めた頭をぶんぶんと振った。しがみつく力が、いっそう強くなる。

「……おにいちゃんが、いい！　お母さんよりも、宝はおにいちゃんが大好き…！」

「宝……」

「おにいちゃんが居れば、さみしくない。今日も、お母さんが居なくなってからずっと、あのご本読んでたの」

　宝が指差した先、毛布の傍《そば》に大判の画集が落ちている。開かれたページに佇《たたず》むのは、幼いキリストを抱いた聖母だ。

　その身に纏《まと》う質素な衣の赤は神の愛を、青は天の祝福を表す。そっと目を伏せた表情は慈愛と気品に満ち、誰もが母の愛を感じずにはいられないだろう。

ルネサンスの巨匠ラファエロ・サンツィオの傑作、『大公《たいこう》の聖母《せいぼ》』だ。所有者であったトスカーナ大公フェルディナンド三世が格別に愛し、死ぬまで肌身離さなかったことからその名で呼ばれるようになったという。

　父親の書斎で偶然この画集を見かけた宝は、聖母が兄にそっくりだと言い出し、父にねだってとうとう譲り受けた。毎日飽かずに眺めているから、今ではすっかり折り癖がついてしまっている。

　この自分が、弟の目にはこんなふうに映《うつ》っているのだと思うと、複雑ではあるが…。

「…宝…。可愛《かわい》い、僕の宝……」

涙で濡《ぬ》れた柔らかな頬に、自分のそれをすり寄せる。

……この子は、僕の子だ。他の誰のものでもない。僕だけの子だ。

「…おにいちゃん…」

小さな両手が、美鶴の頬をそっと挟み込む。

涙に濡れたつぶらな瞳に映る美鶴は、画集の聖母にそっくりな笑みを浮かべていた。


その日、三枝《さえぐさ》宝は珍しくアラームが鳴る前に目覚めた。

今日の朝食当番は自分だ。暖かな毛布に未練を感じつつも起き上がろうとすれば、背中から巻き付く腕に力がこもる。

「…ちょっと、兄貴…」

肘で軽く突いてみるが応えは無く、悩ましい寝息が聞こえるだけだ。

宝は溜息《ためいき》を吐き、兄の腕を解くと、そっとベッドを抜け出した。こちらに背を向けて眠る兄に、目覚める気配は無い。昨日は日本初出店ブランドのオープニングセレモニーに招待され、帰宅は深夜になったはずだから、きっと疲れているのだろう。

足音を忍ばせて部屋を出ると、洗顔と歯磨きを済ませ、リビングダイニングに向かった。料理を始める前、壁際に置かれた大きな姿見に全身を映してみるのは、モデルを始めてからの日課である。

磨き抜かれた鏡面から、吊《つ》り目がちの大きな瞳がこちらを見返している。左右の狂いの無い精緻《せいち》な造りの顔は、ともすれば人形めいて冷たく見られがちだが、つんと高い鼻に男にしては厚めの唇が不思議な華と愛嬌《あいきょう》を添えていた。人に馴《な》れない高貴なロシアンブルーのようだ、と評したのは、兄の伝《つ》手《て》でコンポジット用の写真を撮ってくれた有名カメラマンだったか。

二十歳《はたち》になったばかりの伸びやかな肢体は、パジャマの上からでも均整の取れたスタイルを浮かび上がらせている。昔ほど身長が重要視されなくなったとはいえ、百七十八センチはメンズモデルとしてはかなり低いが、どのオーディションでも門前払いをされた経験が無いのは、全体的なバランスの良さのおかげだろう。

「……うん。良し」

仕上げにその場でターンを決め、宝は朝食作りに取り掛かった。キッチンカウンターのタブレットから流れるＣＮＮのニュースがＢＧＭ代わりだ。

仕事の幅を広げたいなら英語は必須、イタリア語とフランス語も出来た方がいいと兄に助言され、ひとまず英語から始めることにしたのは中学生の頃《ころ》。今では字幕を見なくても、ほぼ確実に内容を聞き取れる。

女性アナウンサーの癖の無い英語を聞き流しながら、宝は手際良く朝食を作っていく。兄と食事作りを分担するようになってもう何年も経《た》つから、慣れたものだ。

三十分ほどで出来上がった朝食は、ベーコンとソーセージを添えたオムレツにサラダ、クロワッサンだ。野菜たっぷりのミネストローネは、昨日の夜に仕込んでおいたから、朝は温めるだけでいい。

朝は果物とスムージーだけ、という同業者も多いが、宝はなるべくしっかり食べることにしている。野菜や果物だけでは若い身体には物足りないし、やる気が出ないのだ。

もっとも、そんな悠長なことを言っていられるのは、いくら食べても太らず、肌荒れもしない体質のおかげである。多くのモデルたちは常に節制を心掛け、太らないよう努めているのだから。

二人分の朝食をテーブルに並べ終え、カウンターで紅茶を淹《い》れていると、兄の美鶴がリビングに姿を現した。

「……おはよう。美味《おい》しそうだね」

ふわりと微笑《ほほえ》む兄に、生まれた時からの付き合いにもかかわらず見惚《みと》れてしまう宝を、馬鹿《ばか》にする者は居ないだろう。

長い睫毛《まつげ》を震わせながらしばたたくだけで、誰をも惹《ひ》き付けずにはいられない黒く濡れた瞳。寸分の歪《ゆが》みも無く通った鼻筋。咲き初めの椿《つばき》の花びらのような、なまめかしい唇。

気品に満ちた優艶な美貌は、微笑めばどれほど冷たく凍り付いた心も蕩《とろ》かし、その足元に跪《ひざまず》かせる。百八十五センチという長身も、まるで圧迫感を与えない。

モデルとしてランウェイを歩いていたのはもう五年以上前だが、八頭身のスタイルは全く崩れていなかった。衰えるどころか、輝きと円熟を増すばかりのこの兄が宝より一回り年上だと初めて聞いた人間は、腰を抜かすほど驚くのが常だ。

『あいつ、どこかで人魚の肉でも食べたんじゃないか？』

そう真顔で評したのは、兄の旧友だ。

どうして人魚の肉なんて出て来るんだと首を傾《かし》げたら、近頃の若人は八百比丘尼《やおびくに》も知らないのかと呆《あき》れられたので、調べてみた。人魚の肉には若さと美貌を保つ効果があり、かつて人魚の肉を食べた八百比丘尼という尼は、八百年もの間若く美しいまま生き続けたのだという。

弟の宝でも、兄ならありえると思ってしまったが、兄は不老長寿の尼僧などではない。その麗しくも慈愛溢《あふ》れる微笑で、男でありながら『聖母《ヴィエルジュ》』の異名を捧げられ、ファッション界の最前線でスポットライトを浴びてきた一流のショーモデルだ。引退し、自らのモデル事務所を立ち上げた今もなお衰えぬその光り輝く姿に、数多《あまた》の人間が魅了され続けている。

　血の繋《つな》がった兄弟なのに、似ているのは長時間日に晒《さら》されても焼けない滑らかな白い肌くらいだ。現役モデルとして美しい人間とは数え切れないほど共演してきたけれど、美鶴ほど圧倒的な――嫉妬心を抱くのが馬鹿馬鹿しくなるくらいの存在感の主には、そうそうお目にかかれない。人々をひれ伏させ、奉仕させるために生まれてきた美の化身だ。

　こうして共に暮らせるのは、同じ家に生まれ育った兄弟だからこそだろう。赤の他人が美鶴と同じ空間で生活していたら、あっという間に心を奪い尽くされ、呑み込まれてしまうに違いない。

「……おはよう、兄貴。もうすぐ飯出来るから、座ってろよ」

　シャワーで汗を流してきたのか、美鶴の髪は軽く湿り、緩く合わせたバスローブから程良く筋肉のついた胸が覗《のぞ》いている。色香の匂い立つ、兄のファンが目撃したなら卒倒ものの姿から目を逸《そ》らすと、背後から長い腕にふわりと包み込まれた。

「…宝、…宝…」

「おい、兄貴…」

「ああ、僕の宝は今日も可愛いなあ。宝を抱っこしてると、どんなに嫌なことだって忘れられるよ…」

しみじみそう呟《つぶや》かれてしまうと、絡み付く腕を振り解《ほど》けなくなる。

諦めて身体の力を抜けば、ふふっと笑う気配がして、つむじに高い鼻先を埋められた。宝の忍耐力が持ったのは、さんざん匂いを嗅《か》がれた後、柔らかな唇が落とされるまでだ。

「…もう、いい加減にしろってば！」

腰に回された腕を解き、唇を尖《とが》らせながら睨《にら》み付けると、美鶴は悲しげに眉を寄せた。美鶴のファンが居合わせたなら、宝は袋叩《だた》きにされているだろう。

「冷たいよ、宝…昔は『おにいちゃん、大好き』って抱き着いてくれたのに…」

「いつの話だよ…。俺はもう、大学生なんだぞ」

「いくつになったって、宝は可愛いよ。…たった一人の、僕の弟だもの」

慈愛に満ちた笑みを向けられたら、胸がちくんと痛んでしまう。

両親が居なくなった後、幼い宝を守り育ててくれたのは、この美しい兄なのだ。美鶴ほど宝に慈愛を注いでくれる人は、どこにも存在しない。…たった一人の肉親として。

「…だからって、遅く帰って来て俺のベッドに潜り込むなよ」

はあっと息を吐き、宝はカウンターのティーカップをテーブルに移した。兄がイタリアで買って来た黒檀《こくたん》の椅子《いす》に座ると、美鶴も向かい側の席に腰を下ろす。宝とペアのターコイズブルーのティーカップを両手で持ち、美味しそうに紅茶を飲む姿は、そのままポートフォリオに収めたいほど絵になっている。

「遅く帰って、冷たいベッドで眠るなんて寂しいじゃないか」

「…温めてくれる人なら、俺以外にいくらでも居るんじゃねえの？」

変わらぬ美を保つ美鶴には、世界じゅうの美女が群がり、自ら進んで脚を開く。…時には男も。美鶴からお呼びがかかれば、海の外からだって喜んで駆け付けるだろうに。

「この腕に抱いて眠りたい子は、宝しか居ないよ」

宝の胸に芽生えかけた黒い感情を、慈愛に満ちた笑みで打ち砕いてから、美鶴は爆弾を落とす。

「それに、宝だって温めてくれる人は居るんじゃない？　…この間撮影が一緒になった新人の子と、ずいぶん仲良くなったって聞いたけど」

「っ……」

食べていたクロワッサンを詰まらせそうになった宝に、美鶴はピッチャーから注いだオレンジジュースを飲ませてくれる。

どうにか口の中のものを呑み込み、宝はバスローブの胸元から目を逸らした。

「…あ、あいつは、そのっ…」

「慌てなくてもいいんだよ、宝。宝ももう二十歳なんだし、こんなに可愛いんだから、彼女が出来るのは当然だもの」

「ち、違うっ！　あいつは彼女なんかじゃなくて…」

しどろもどろに弁解しようとした時、玄関のインターホンが鳴った。

兄弟が住む青山《あおやま》の高級マンションはセキュリティが徹底しており、事前に登録していない訪問者はコンシェルジュの居るエントランスにすら入れない仕組みだ。この最上階まで辿《たど》り着けるのは、住人たる兄弟を除けばたった一人である。

「よお宝。美鶴の奴はもう起きてるか？」

宝が迎えに出れば、案の定、訪問者は有江《ありえ》佑真《ゆうま》だった。

美鶴とは幼い頃からの友人で、今は片腕として美鶴を支える男だ。美鶴が人魚の肉を食べたのでは、と評したのもこの男である。

平凡なのは容姿だけで、T大の法学部を首席で卒業し、弁護士の資格まで有しながら、美鶴の顔が好きだからという理由だけで法律事務所からモデル事務所に鞍替《くらが》えした変わり種だ。宝にとっては、もう一人の兄のような存在とも言える。

「…ちょっと、佑真さん。あんた、兄貴にミチルのことチクっただろ…！」

宝はさっさと上がり込もうとする佑真に詰め寄り、耳元で詰問する。社長として多忙な日々を過ごす美鶴に、宝の行状を吹き込むのはこの男しか居ない。

「そりゃあ、美鶴からくれぐれもと頼まれているからな。可愛い弟に彼女が出来たら、教えてくれって」

「彼女なんかじゃねえよ。もうとっくに別れたし」

「は…？　お前、ミチルと付き合い始めたのってほんの一月《ひとつき》前じゃなかったっけ？」

眉を顰《ひそ》める佑真を、宝は睨み付ける。

「あんな性格悪い女、一度やればじゅうぶんだろ。一月も付き合っていられるかよ」

「おい、宝…仮にもミチルは、大学のミスコンに優勝してスカウトされた美女なんだが…」

「兄貴の方がずっと美人じゃん。外見だけじゃなくて中身も綺麗《きれい》だし、頭もいいし、優しいし」

ミチルから声をかけてきて、遊びでいいと言うので付き合ってみた。だが一度肌を重ねた後は粗ばかりが目につき、そのたび美鶴と比較してしまうのだ。……美鶴ならメイク無しでも息を呑むほど美しいのに。美鶴なら何があっても、人を蔑《さげす》むようなことは言わないのに。美鶴ならただ微笑むだけで、宝の心を満たしてくれるのに。

　ミチル以外の誰であっても、それは変わらない。中学生の頃、年上のモデル相手に童貞を捨てて以来、何人もの女性と関係を持ったが、誰とも長続きはしなかった。

　宝の食い散らかしぶりを熟知する佑真は、やれやれとばかりに額を手で覆う。

「そりゃあ、美鶴と比べたらたいていの人間は霞《かす》むだろうよ…」

「安心しろよ。訴えられたりするような別れ方だけはしてないから」

　宝だけが報いを受けるなら自業自得だが、世間の注目は宝ではなく、その兄――『聖母《ヴィエルジュ》』に集まるだろう。美鶴にだけは、絶対に迷惑をかけたくない。……美鶴の前でだけは、兄に可愛がられる無邪気な『良い子』でいたいのだ。

　ならば最初から女遊びなどしなければいいのにと、誰もが呆れるだろう。だが、そうやって僅かなりとも欲望を発散しておかなければ、若い身体はいつかきっと制御が利かなくなる。

「…お前は不思議と、そういうのは上手《うま》いからな。そこは心配していないが…」

「じゃあ、何なんだよ」

　何かを言いかけ、佑真はふと腕時計に目を落とした。

「ああ、もう八時半か。そろそろ支度をしないと、大学に間に合わないぞ、王子」

「王子じゃねえって言ってるだろ！」

宝が兄の事務所にモデルとして所属するようになってからというもの、佑真は宝を王子と呼び始めた。何度注意しても改めない男を小突いてやりたいのは山々だが、今は時間が無い。

リビングに駆け込むと、白いニットのルームウェアに着替えた美鶴が待っていた。姿見の横のハンガーラックには、着替え一式が掛けられている。佑真と話している間に用意しておいてくれたのだろう。撮影を除けば、宝が身に着けるものは下着や靴下の一枚に至るまで、兄が選んでいる。両親が居なくなってから、ずっと。

「サンキュー、兄貴」

宝は何の躊躇いも無く兄の前でパジャマを脱ぎ捨て、若い肢体を晒しながら着替えていった。

兄が宝のために選ぶ服は、デザインとしてはベーシックだが、所々に遊び心のあるものが多い。今日もそうだ。白いタイプライター地のシャツは裾がアシンメトリーにカットされており、宝のしなやかな身体のラインをさりげなく引き立てる。ボトムに黒のスキニーデニムを合わせ、ニットのコートを羽織れば完成だ。一見平凡だが、その実スタイルに自信が無ければ着こなせないコーディネートである。

「うん、今日もよく似合ってる。とっても可愛いよ、宝」

じっと傍らで見守っていた美鶴は満足そうに頷き、仕上げに、と自ら宝の腕にブレスレットを巻いた。上質な丸革にターコイズを通したそれは、モノトーンの装いをぱっと華やかに演出してくれる。

「どうせなら、可愛いより格好いいって言われたいんだけど」

口先だけむくれてみせても、宝の頬は自然と緩んでしまう。超一流のモデルだった兄に誉《ほ》められるのは、それはそれで嬉《うれ》しいものだ。兄が決して世辞の類を口にしないと知っていれば、尚更。

「仕方無いだろ？　僕の宝は何を着ても、何をしていても可愛いんだから、可愛いとしか言えないんだよ」

「兄貴、…っ…」

かつて『聖母《ヴィエルジュ》』の名を欲しいままにした笑みに呪縛された宝は、美鶴の抱擁を拒めなかった。着痩《や》せする性質《たち》の美鶴は、ほっそりとしなやかに見えて逞《たくま》しく、宝は腕の中にすっぽりと収められてしまう。

……幼い頃は、この腕の中が世界の全てだった。母が消え、父が死んでも、美鶴が抱き締めてくれさえすれば、悲しみも寂しさも心細さも、たちまち消えてしまったものだ。

優しい兄は、今も変わらない。二十歳にもなった弟を、深い愛情で包み守ってくれる。

——変わったのは、きっと宝の方だ。だって、昔は安らぎしか覚えなかった温《ぬく》もりが、鼓動が、匂いが、いつの間にか……。

「おーい、美鶴。王子を構い倒すのは、そのくらいにしておけよ」

呆れ混じりの声がかかり、宝はぱっと兄から離れた。リビングの入り口に寄りかかり、にやにやする佑真をすれ違いざまに睨み付けてから、自分の部屋に駆け込む。

「……ん？」

テキストやレジュメの入ったショルダーバッグを肩にかけ、充電しておいたスマホをポケットに滑り込ませようとした時、新しいメッセージが入っているのに気付いた。同じ講義を取っている友人からだ。

今日は法思想史のレポート提出期限だと指摘され、慌ててデスクの引き出しからレポート用紙を取り出す。先週のうちにきちんと仕上げておいたのに、仕事が立て込んでいたせいでうっかり忘れていた。法思想史の教授は締め切りに厳しいので有名で、期限を一日でも過ぎると絶対に受け取ってくれないのだ。

レポートをバッグに仕舞った宝は、何かの視線を感じて振り返った。

ベッドの左側の壁に飾られた絵の中から、物憂げに目を伏せた聖母がこちらをそっと窺《うかが》っている。

ラファエロの傑作『大公の聖母』の複製画だ。宝がモデルデビューを果たした際、お祝いにと兄がプレゼントしてくれたものである。

幼い頃の宝は、父の画集の中で見つけたこの絵の聖母が兄にそっくりだと言い、夢中になっていたそうだ。どこへ行くにも持ち歩き、しじゅう眺めていたらしい。あいにくその画集は、引っ越しを重ねるうちに紛失してしまったというが…。

「……おにいちゃん……」

聖母の頬に向かって伸ばした手を、宝は触れる寸前で引っ込めた。触れたら最後、慈愛深い兄も、兄と過ごしてきた思い出さえも、汚してしまう気がして。

宝の母の葉月《はづき》は、宝が二歳になってすぐに居なくなった。書置き一通だけを残し、かねてからの浮気相手と駆け落ちしてしまったのだ。

もはや妻は戻って来ないと諦観していたのか、父の航平《こうへい》は同封されていた離婚届に署名捺印した。だがその後、失意のどん底に落ちた父は酒浸りになり、程無くして急性アルコール中毒で死亡してしまったのだ。

残された宝と美鶴の兄弟は、父方の祖父母に引き取られた。しかし、会社経営に忙しい二人に代わり、実際に宝を育ててくれたのは美鶴だ。

祖父母に頼み、家政婦やシッターを手配してもらうことも出来たのに、美鶴は宝を決して他人任せにはしなかった。自ら作った食事を食べさせ、着替えさせ、風呂に入れ、遊んでやり、寝かしつけた。その甲斐甲斐《かいがい》しさといったら、祖父母が呼んだ本職のシッターさえも感嘆するほどだったという。

宝にとって美鶴は兄であると同時に、父でも母でもあった。美鶴が居てくれなければ夜は明けず、朝も来ない。

そんな弟を傍から離さず、養っていけるようになるため、美鶴は祖父母に引き取られて間も無く親族の経営するモデル事務所に所属し、モデルとして活動し始めた。ローティーンの頃から美鶴の美貌と存在感はずば抜けており、数多のクライアントの仕事をこなしていたが、その名が世界に轟《とどろ》いたのは十八歳の時だ。

当時、最年少でパリコレクション参加を果たし、ファッション界の注目を集めていた若き新鋭――

フランス人デザイナーのアラン・ガブリエルから、専属モデルとして抜擢《ばってき》されたのである。

国際的な知名度の低い東洋人モデルが選ばれたきっかけには、実は宝も絡んでいた。元々親日家のアランは、たびたび来日してはお忍びであちこちの撮影現場を見学していたのだが、その中に美鶴の現場も含まれていたのである。

家で一人にしたくないからと、美鶴は近場の仕事であれば必ず宝を伴った。勿論《もちろん》、撮影の間の面倒を見てくれるシッターを随行させた上での話だ。

……今でも鮮明に思い出せる。撮影を終えた兄が宝を抱き上げ、微笑んだ瞬間、餌《えさ》にありついた野良犬のような勢いで若い外国人の男が駆け寄って来た日のことは。

宝には獣の咆哮《ほうこう》にしか聞こえなかった奇声をまき散らしていたその男こそ、アランだった。アランは美鶴が宝に向けた微笑を『聖母《ヴィエルジュ》の微笑み』だと誉め称《たた》え、ぜひ専属モデルになって欲しいとその場で申し入れたのだ。

新人モデルにとっては夢のような話を、外国のメゾンの専属になったら弟の世話を満足に出来なくなるからと一旦は断った美鶴も美鶴だが、ならば美鶴の仕事は可能な限り日本国内で行うよう最大限の配慮をする、と即座に切り返したアランもアランだ。さすがにショーやコレクションの際には現場に赴いてもらわなければならないが、それ以外はアランの方から美鶴のもとに人員を派遣するという。

破格の条件を受け容《い》れ、十代にして『アラン・ガブリエル』の専属モデルとなった最初の年、美鶴は伝説を打ち立てた。コレクションの最後を飾るマリエ——本来ならば女性モデルがウェディングドレスを纏い、有終の美を飾るべきところに、男性モデルでありながらランウェイを歩いたのである。

ブランドカラーでもある白一色の、アラン渾身《こんしん》の美しいラインを描くタキシードを身に着け、フラワーホールに深紅の薔薇《ばら》を飾り、マリンブルーのベールをかぶった美鶴の神秘的な姿は『聖母《ヴィエルジュ》』と絶賛された。一躍名を馳《は》せた美鶴は、世界の五大コレクションも制覇し、モデルとして絶頂に上り詰めたのである。

二十代後半で惜しまれつつも引退してからは、自らのモデル事務所『ヴィエルジュ』を立ち上げた。数多くのエージェンシーが鎬《しのぎ》を削る中、モデル時代に培った人脈を活用し、小規模ながらも有名モデルを多数抱え、好調な経営を続けている。兄弟二人で住む青山の高級マンションも、弟が大学に通いやすいようにと美鶴が購入したものだった。

宝が『ヴィエルジュ』所属のモデルになったのは、高校に入学したばかりの頃だ。兄の活躍を近くで見守るうちに、モデルの仕事に興味を持った――というのは表向きの理由である。

美鶴と同じ血を引き、兄とは別の趣の美少年に成長した宝に、クライアントたちが目をつけたのだ。あの『聖母《ヴィエルジュ》』の弟なら話題性もじゅうぶんである。宝を起用したいクライアントたちの申し込みが殺到し、美鶴が対応に苦慮している。そう佑真が密かに教えてくれて初めて、宝は事態の深刻さを知ったのだ。

第一線で活躍してきた美鶴は、業界の裏も表も知り尽くしている。弟には同じ苦労をさせたくない、堅実な人生を歩んで欲しい。そう願うがゆえ、何も伝えずにいたのだろう。

兄の気持ちが痛いほどわかるからこそ、宝は兄と同じモデルになることを決意した。

宝を育てるため、美鶴は高校にも行かずに働き続け、自分を犠牲にしてきたのだ。祖父母に預けることだって、可能だったはずなのに。

恩返しをするなら、今しかない。その一心で宝は兄を説得し、モデルデビューを果たした。

半ば反対を押し切る格好で始めたモデルの仕事は、宝には合っていたようだ。美鶴が仕事を厳選し、庇護《ひご》してくれるからこそではあるが、クライアントの要求した空気を一瞬で作り上げるのは楽しいし、やりがいもある。

最初は『聖母《ヴィエルジュ》の弟』としてしか見てくれなかった周囲も、だんだん宝自身を認めてくれるようになってきた。…むろん、兄の七光りだと揶揄《やゆ》する声は宝の耳にも入ってくるし、実際、美鶴の存在は無関係ではないだろう。

だが、七光りだけで四年もの間途切れずに仕事を続けられるほど、モデルは甘い職業ではない。順調にキャリアを重ねて二十歳になった今、宝は『ヴィエルジュ』有数のモデルの一人だ。

二年前に高校を卒業した時、出来ればモデルに専念したかったのだが、美鶴の強い勧めで大学に入った。自分は仕事ばかりでろくに学校に通えなかったから、せめて宝にはキャンパスライフを満喫して欲しいと説得されれば、断れるわけがなかったのだ。


宝が通う大学は、自宅マンションからほど近い青山の中心街にある。

歩いて通うこともじゅうぶん可能だが、美鶴は宝のマネージャーに車での送迎を義務付けた。マネージャーとは他ならぬ、有江佑真である。

実弟とはいえ、いちモデルに自分の片腕でもある存在をマネージャーとして付けるなど、宝にはやりすぎとしか思えない。

けれど美鶴は、佑真以外の人間を弟の傍に置くことを絶対に許さなかった。佑真をマネージャーに付けるのは、宝がモデルを始める際の条件でもあったのだ。佑真なら何があっても、宝を守ってくれるだろうからと。

……兄貴。

そこまで兄に大切にされているのは自分だけだと思うと、誇らしさと同時に得体の知れない感情がこみ上げる。ベッドで密着する素肌の温もりを、匂いを思い出すだけで、欲望の熱が身体を内側から蝕《むしば》み始める。

後腐れの無い相手を選び、適当に発散しているのは、そうでもしなければこの熱に焼き尽くされてしまいそうだからだ。

……兄貴は、兄貴なのに。俺の…たった一人の、肉親なのに。

美鶴にだけは、この熱を悟られてはならない。誰にでも優しく、周囲の人々に慕われる『聖母《ヴィエルジュ》』は、可愛い弟がこんなどろどろした欲望を宿していると知れば、悲しむに違いないのだから。

「じゃあ、十三時過ぎにまた来るからな」

大学の正門前で宝を下ろし、佑真は車で去って行った。そのまま表参道《おもてさんどう》にある『ヴィエルジュ』のオフィスに向かい、宝の講義が終わる頃また迎えに来るのだ。それを週に四日も繰り返しているのだから、ご苦労様である。

「おー、宝！　おはよう」

「今日は何限目まで居られるんだ？」

正門をくぐってすぐ、同級生の児玉《こだま》と小野寺《おのでら》に声をかけられた。

どちらもそれなりに整った容姿で性格も明るく、常に人の輪の中心に居るタイプだ。実際、高校時代サッカー部のキャプテンだった児玉は大学でもスポーツサークルを立ち上げ、上からも下からも慕われているし、高校の生徒会長だった小野寺は法学部の司法試験組のリーダー的な存在である。

「おはよう、児玉。さっきはメッセージありがとな。おかげでレポート忘れずに済んだわ」

「や、そんなの、当たり前のことをしただけだし」

児玉はツーブロックの頭を掻《か》き、頬を赤く染める。その横で面白くなさそうな表情を浮かべる小野寺に、宝は小首を傾げてみせた。

「小野寺。俺、今日は撮影があって、二限までしか居られないんだ。悪いけど…」

「…あっ、ああ！　勿論、三限目のレジュメとノートのコピー、きちんと取っておくから！」

「いつも、ありがとうな」

ふわりと微笑む自分に見惚れる二人を促し、宝はキャンパスの中央を貫く銀杏《いちょう》並木を歩き出した。

宝が美鶴の弟であり、現役モデルであることは周知の事実だが、誰も軽々しく近付いては来ない。児玉と小野寺が目を光らせているおかげだ。学生たちの中心的な存在である彼らに嫌われたら、快適なキャンパスライフは二度と望めなくなる。

働き者の番犬を見付けたじゃないか、と佑真などはからかってくるが、別に宝が頼んだわけではない。二人が自発的にやっているのだ。大学に居る間じゅう付き纏われるのは、たまに鬱陶《うっとう》しくなることもあるが、メリットの方が大きいので好きにさせている。

一限目の教室に着き、いつもの席に児玉たちと並んで座ると、宝はきょろきょろと周囲を見回した。

「宝、どうした？」

目敏《めざと》く気付いた小野寺に、うーん、と首を振ってみせる。

「いや…、何か、さっきから妙な視線を感じて…」

勘違いかもしれないが、小さなシャッター音も聞いた気がすると付け足したとたん、児玉が気色ばんだ。

「何だと？」

「いいって。やめろよ、児玉」

勢いよく席を立とうとした児玉を、宝は慌てて止めた。注目を浴びるのは日常茶飯事だし、シャッター音だって宝を撮ったものとは限らないのだ。

「けどよ、この間だってお前を隠し撮りしてた奴が居たし…」

「児玉が捕まえて注意してくれたから、さすがにもうやらないだろ」

先月、宝をスマホで隠し撮りし、その場で児玉に捕まった女子学生は宝の熱狂的なファンだった。スマホには宝の隠し撮り写真を収めた専用フォルダまであり、ぞっとしたものだが、今日の視線にそういう気色悪さは皆無だ。宝を欲望の対象ではなく、ただひたすら眩《まぶ》しいもののように見詰めているような…。

納得しかねる様子の児玉だが、一限目担当の教授が教室に入って来たので、渋々座り直した。レポートの提出を済ませ、講義に聞き入りながら、宝はじっと神経を研ぎ澄ませてみる。

……もう居ない、か。

あの視線を感じないということは、視線の主は学生ではないのかもしれない。大学には学生でなくても入れるし、近隣企業のサラリーマンが学食を利用することもある。ただこの講義は出欠をきっちり確認するので、講義を取る学生以外は出入り出来ないのだ。

例の女子学生のように性質の悪いケースなら相応に対処すべきだが、単なる出来心ならそこまで神経質にならなくてもいいだろう。表沙汰になっていないだけで、宝を隠し撮りする人間はあの女子学生以外にも山ほど居るだろうし、いちいち捕まえていたらきりが無い。

一限目を終え、二限目も終える頃には、宝の頭から視線の主は消え去っていた。

二限目と三限目の間には一時間の昼休みが挟まるので、いつもなら学食に行くのだが、今日は午後から撮影がある。わざわざ正門まで付き合ってくれた児玉と小野寺に見送られ、宝は佑真の運転する車に乗り込んだ。

「ああ。言い忘れてたけど、今日の撮影、相手役はリオンだからな」

佑真が何でもないことのように言い出したのは、スタジオ付属の駐車場に停車した直後だ。宝はシートベルトを外そうとしていた手を止め、横目で佑真を睨む。

「……は？　相手役は涼太《りょうた》だって聞いてたんだけど」

「一昨日《おととい》からインフルエンザになって、急遽《きゅうきょ》代役を立てたとついさっき連絡があったんだよ」

仕方無いだろ、と佑真は肩を竦《すく》めるが、連絡自体はきっともっと早く入っていたはずだ。ぎりぎりまで伏せたのは、リオンと宝の折り合いの悪さを熟知しているからだろう。

二つ年下のリオンは、美鶴に憧れてモデルを志し、キッズモデルからこの業界に入ったそうだ。キャリアは宝の四倍近い、いわばエリートである。今では人気メンズ雑誌を幾つも掛け持ちし、ショーモデルまでこなす売れっ子だ。日仏のハーフだそうで、宝より線はやや細いが華やかな、こちらの方が王子と呼ばれるのに相応《ふさわ》しい容姿の持ち主である。

努力に努力を重ねてきたリオンにしてみれば、高校生から突然モデルを始め、兄の七光りで簡単にのし上がってきた宝は、心底面白くない存在だろう。宝が憧れの人の血を分けた弟である事実も、嫉妬を掻き立てるだけらしく、仕事で顔を合わせるたび不愉快な思いをさせられてきた。きっと今日もそうなるに違いない。

「……今日もお付きと一緒か。さすが王子だな」

予感は的中した。佑真と共に二階の控え室に入ったとたん、メイク中のリオンはさっそく嫌味を飛ばしてきたのだ。

「…おはようございます。今日はよろしくお願いします」

反応したら喜ばせるだけなので、宝は礼儀としてあいさつだけを返した。それに、リオンの当てこすりはまんざら間違いというわけでもない。事務所に所属していても、モデルは基本的に単独行動だ。現場までは一人で向かうし、一人で帰る。

マネージャーが常時付き添うのは、よほどの売れっ子くらいだ。リオンさえマネージャーは途中で様子を見に来る程度なのだから、佑真を従えて歩く宝の姿は異常でしかないだろう。何度美鶴に一人で大丈夫だと訴えても、まるで聞き入れてくれない以上、仕方が無いのだが。

――お前が変なあだ名で呼ぶのがいけないんだぞ。

恨みがましく睨んでも、佑真は何処《どこ》吹く風だ。いっそ足を踏みつけてやろうかと思ったが、ヘアメイクの女性が現れたので諦めた。

「おはよう、宝くん。久しぶりね」

「おはようございます。今日のヘアメイク、小栗《おぐり》さんだったんですね」

ドレッサーのスツールに腰を下ろし、よろしくお願いします、と頭を下げると、こちらこそ、と鏡の中から感じのいい笑みが返ってきた。

フリーのヘアメイクアーティストの小栗は、美鶴が駆け出しの頃から知っているそうで、弟の宝にも色々と良くしてくれるのだ。…二十代にしか見えない若々しさだが、正確な年齢は決して聞いてはいけないのだろう。

「宝くんのお肌、相変わらず綺麗ねえ。肌理《きめ》が細かくて、白くて滑らかで…ファンデーションを塗るのが勿体《もったい》ないくらいだわ。お兄さんとそっくりね」

「そうなんですか？」

「ええ。美鶴くんもそりゃあ綺麗なお肌でねえ、相手役の女性モデルが嫉妬して帰っちゃったこともあるのよ」

幼い頃はひんぱんに美鶴の撮影に連れて行かれたものだが、学校に上がってからはその機会も激減してしまったので、自分の知らない兄のエピソードを聞かせてもらえるのは嬉しい。

「それ、たぶん兄貴はどうして相手役が帰っちゃったのか、わかってなかったですね。自分自身には無頓着なところがあるから」

「…ふん。弟だからって、知ったかぶりするんじゃねえよ」

撮影用ではない自然な笑みを浮かべ、会話を楽しんでいると、棘《とげ》だらけの声が割り込んできた。リオンは知らんぷりだが、リオン担当のヘアメイクが青ざめているので、空耳ではないだろう。

「たまたま弟に生まれただけで、何の努力もしてないくせに」

「兄の七光りが無ければ、何も出来ないくせに」

宝が黙っているのが気に障るのか、リオンの口はどんどん加速していく。見かねたヘアメイクの女性がそれとなく注意しても、いっこうに止まらない。

「ちょっと、リオンくん…」

「大丈夫です、小栗さん」

珍しく厳しい顔でたしなめようとした小栗を、宝は引き留めた。不快ではあるが、この手の悪口を叩くのは何もリオンだけではない。…それに、この程度の悪意でへこたれていたら、美鶴に笑われてしまう。

今やモードの帝王とさえ謳《うた》われるアランの庇護を受けていたとはいえ…いや、だからこそ、ぽっと出の東洋人モデルに対する同業者の風当たりは強かった。身に覚えの無い悪評を流されたり、靴にガラスの破片を仕込まれたり、ランウェイでわざと突き飛ばされそうになったり、手配したはずのスタイリストがショーに来なかったり…美鶴は笑い話として話してくれたが、宝は強い憤りを抱いたものだ。

美鶴が受けてきた数々の嫌がらせに比べたら、口先だけのリオンなど可愛いもの。兄が宝だけに向けてくれる微笑みを思い出すだけで、聞き流してしまえる。

ちらと鏡の中から背後を窺えば、この気まずい空気の中、佑真は平然とタブレットを操っている。過保護な美鶴の意向を受けた佑真が口を挟まないということは、この対応で正解なのだろう。

リオンのようなタイプは、まともに相手をすれば付け上がるだけだ。無視していればそのうち冷める。

宝の予想通り、悪口のネタが尽きたリオンは面白くなさそうに黙りこくってしまった。程無くして二人のヘアメイクが終わり、スタイリストが用意した衣装に着替える。

今日の仕事は、メンズジュエリーブランド『リコルヌ』の雑誌広告の撮影だ。メンズにしては上品で小ぶりなデザインが多く、価格帯も比較的手頃なため、女性にもファンが多い。今回撮影した広告が掲載されるのも、二十代から三十代前半の女性をターゲットにしたファッション誌である。

兄が誕生日に弟にジュエリーを贈り、レストランへ連れて行くという設定なので、宝はラインが細めのスーツを、リオンは少し背伸びした印象のセットアップを纏う。本来の相手役の涼太は二十五歳で、宝の方が弟役を務めるはずだったのが、急遽兄役に変更されたのだ。

……こいつと兄弟か。

冗談じゃない、と吐き捨てたくなるのは、お互い様というものだろう。だが仕事は仕事だ。宝は気を引き締め、スタジオのある一階に下りる。当然、佑真も一緒だ。リオンの刺々《とげとげ》しい眼差しは無視する。

スタジオではすでにカメラの前にステージが作られ、レストランのセットも組まれていた。待っていた『リコルヌ』の広報にあいさつをすると、宝にはシルバーにオニキスをあしらったカフリンクスが、リオンにはホースシューモチーフをあしらったイエローゴールドのチェーンブレスレットが渡される。

それぞれ渡されたジュエリーを着ければ、いよいよ撮影開始だ。カメラマンの指示に従い、リオンと共にステージ奥に設《しつら》えられた螺旋《らせん》階段の踊り場へ上がる。まずは兄弟仲良くウェイティングバーから階下のフロアに下りてくるシーンを撮影し、その後席でのシーンを撮るのだ。

「じゃあ二人とも、何か適当に喋《しゃべ》りながらゆっくり下りてきて」

指示に頷き、二人は雑談を交わしながら階段を下りていく。

はにかんだ表情を浮かべるリオンは、さっきまでとはまるで別人だ。私情を完璧に切り離せるところは素直にすごいと思うし、リオンを嫌いになりきれない原因でもある。…美鶴もまた、そうだったから。

誰よりも輝いていた兄の姿を頭に描き、笑みを作った瞬間、充電を終えたフラッシュが光る。初めてこの光を浴びた時は身が竦んでしまったものだが、今は心地良い。夢中でシャッターを切るカメラマンや、じっとこちらに見入るスタッフたちの強い視線さえも。

普通に生きていたら、決してありえないシチュエーションを味わえる。ほんの一時でも他人になれる。この喜びを、美鶴も感じていたのだろうか。

「…っ…、して、…は…」

「……リオン？」

苦しげな息遣いに眉を顰めた瞬間、がくんと身体が揺らいだ。足が何かにつっかえたのだ。

撮影中は下を向いて歩けないから、障害物の類は丹念に取り除かれているはず。一体何に？

ふわりと宙に投げ出され、とっさに受け身を取った宝の目に、顔面蒼白《そうはく》で立ち尽くすリオンが映る。

ああそうか、と納得してしまった。リオンに足を引っ掛けられたのだ。まさかそこまで嫌われていたなんて――。

「……王子っ！」

スタッフたちの悲鳴に、佑真の叫びが混じった。宙を舞った宝が床に激突する寸前、佑真はその身を躊躇い無く床と宝の間に滑り込ませる。

どんっ、とすさまじい衝撃が襲ってきた。

「…二人とも、大丈夫か!?」

折り重なるように倒れた宝と佑真を、スタッフたちが取り囲んだ。くらくらする頭を振りながら起き上がり、自分が佑真を下敷きにしていることに気付くや、宝はばっと飛び退《の》く。

「お…っ、俺は大丈夫です。ゆう、…マネージャーの方が…！」

うつ伏せに倒れた佑真は、周囲がこれだけ騒々しいにもかかわらず動かない。宝を受け止めた際、頭を強く打ってしまったのかもしれない。

「……騒ぐなよ、王子。俺は平気だから」

スタッフが救急車を呼ぼうとした時、佑真は意識を取り戻し、むくりと起き上がった。

「年は取りたくないもんだな。受け止められると思ったのに、間に合わなかった。どこも怪我《けが》は無いか？」

「俺なんかより、自分の心配をしろよ。頭を打ったかもしれないんだぞ？」

この期に及んで宝の心配ばかりする佑真の気が知れなかった。頭の怪我は怖い。今は何ともなくても、密かに脳内で出血し、重篤な症状を招くかもしれないのだ。今すぐ病院に行って欲しいのに、佑真はにべも無く拒否する。

「駄目だ。お前を一人にするわけにはいかない。美鶴の言い付けだ」

「こんな時まで、何言って…」

もどかしさに頭を掻きむしり、宝はふと違和感を覚える。騒ぎ立てていたスタッフたちが、妙に静かなのだ。

誰も彼も…階段の上で石像のように固まっていたリオンまでもが、同じ一点を見詰めている。否、視線を吸い寄せられている。スタッフ用の出入り口から姿を現した、たった一人の男に。

熱を帯びた視線に小揺るぎもせず、男は優雅に一歩を踏み出した。

ありふれたリノリウムの床が、その瞬間、たった一人だけのためのランウェイに変わる。スポットライトも喝采も、この男だけのもの。それ以外の人間は、ただ指を咥《くわ》えて見惚れるしかない。

「『聖母《ヴィエルジュ》』……」

誰かの呟きに応えるかのように、男――美鶴はあえかな笑みを滲《にじ》ませた。たちまち熱狂に染め上げられる空気を泳ぎ切り、呆然《ぼうぜん》とする宝の傍らに膝をつく。

「…兄、貴…」

「大変だったね、宝」

そっと撫でられた頬から、安堵《あんど》が身体じゅうに広がっていく。

幼い頃なら、良い匂いのする胸に迷いもせず抱き付いただろう。だが今の自分はモデルであり、美鶴は所属事務所のトップなのだ。兄弟だからこそ、馴れ馴れしく振る舞うわけにはいかない。

「……社長。どうしてここに？」

「たまたまこっちに来る予定があったから、少し足を延ばしてみたんだよ」

来てみて良かった、と唇を綻《ほころ》ばせる兄の手を借り、宝は立ち上がる。ほんの少しだけ目眩《めまい》がしたが、どこも痛むところは無い。佑真がクッション代わりになってくれたおかげだろう。

「宝を守ってくれてありがとう、佑真」

美鶴の礼に、佑真は首を振った。

「それが俺の仕事だからな」

「でも宝の言う通り、頭を打ったのは心配だから、病院で診てもらって来るといい。下に僕の乗って来た車を待たせてあるから」

「…俺が離れたら、宝はどうする？」

「僕が代わりに付いているよ。何なら、リオンくんの代役を務めてもいい」

「……ええっ!?」

悲鳴を上げたのは、宝だけではなかった。カメラマンやそのアシスタント、スタジオの片隅に控えていた小栗たちまでもが色めき立ち、美鶴に注目している。

「…り、リオンの代役って、どうして兄、いや社長が…」

「だってリオンくん、たぶんもう撮影は無理でしょう?」

美鶴に言われて初めて、宝は階段にうずくまるリオンに気が付いた。兄の登場で頭がいっぱいになり、すっかり忘れていたのだ。

「…リオンくん！　誰か、手を貸して！」

大慌てで階段を駆け上がった小栗が、階下のアシスタントに指示を飛ばす。小栗とアシスタントに両脇を抱えられ、ふらふらと下りてきたリオンは生気が失《う》せ、まるで生きた屍《しかばね》だ。

「…おい…、大丈夫なのか…?」

足を引っ掛けられたにもかかわらず、つい心配になって声をかけると、リオンはびくりと肩を跳ねさせ、かたかたと小刻みに震え出した。怯《おび》えきった姿は自信に満ちた普段より一回りは小さく見え、とても加害者のものとは思えない。

「…ごめん…、なさい。ごめん…」

「お前……」

鼻っ柱の強いリオンが、ここまで打ち萎《しお》れるなんて——愕然《がくぜん》とする宝に、そっと美鶴が寄り添った。

「心配しないで、リオンくん」

「…み、…美鶴、さん…」

「宝の相手役は僕が務めるから、君はもうここに居なくていいんだよ」

美鶴の美貌を柔らかな笑みが彩った瞬間、リオンの震えが止まった。わななく喉が言葉を紡ぐ前に、美鶴は『リコルヌ』の広報を振り返る。

「…勿論、代役を許して下されば、ですが」

「あ…、ああ、ああっ…！　『聖母《ヴィエルジュ》』なら、こっちからお願いしたいくらいです。まさか『聖母《ヴィエルジュ》』がうちの広告に出て下さるなんて…っ…！」

拳を突き上げ、小躍りして喜んでいた広報だが、ふと我に返って肩を落とした。

「…あ、ですが予算が…今回の予算ではとても、『聖母《ヴィエルジュ》』の報酬は…」

「報酬なら、リオンくんと同じで構いませんよ」

「…え…っ、本当に…？」

広報が絶句するのは無理も無いだろう。モデルの報酬は個人によって様々だが、今回の撮影であればせいぜい数万円から数十万円といったところだ。

しかし美鶴は、引退したとはいえ、アランの懇願により今もなお『アラン・ガブリエル』のコレクションに不定期で参加する身である。その報酬額は天井知らずで、宝も恐ろしいから聞いたことは無いが、下手をすれば一般的なモデルのそれと二桁近く違うと思われる。

アランとの専属契約は終了しているから、他ブランドの広告に出ること自体は問題無いが、決してハイブランドとは言えない『リコルヌ』には少々荷が勝ちすぎるはずだ。…本来なら。

「ええ。可愛いうちの子のために一肌脱ぐのは、当然ですから」

完全なる身びいきは、誰に対しても平等に接するべき社長としては誉められた振る舞いではない。

事実、佑真は顔を歪めている。

「…素晴らしいです。さすがは『聖母《ヴィエルジュ》』…」

だが、どんな綺麗ごとであれ、美鶴の唇から出たそれは聖母の言《こと》祝《ほ》ぎに変わるのだ。

どちらかと言えばクールな印象だった広報は頬を紅潮させ、美鶴を伏し拝まんばかりである。広告ではクライアントの意向が最重要だから、美鶴の代役はもはや認められたも同然だろう。

「……宝。ちょっとこっちへ」

広報ばかりかスタッフたちまでもが美鶴に釘《くぎ》付《づ》けにされる中、カメラマンが宝を手招いた。誘われるがままスタジオの隅に寄ると、潜めた声で問いかけられる。

「お前、もしかしてリオンに転ばされたのか？」

「…それは…」

美鶴が突然現れたせいでそれどころではなくなっていたが、今回の一件は立派な事故であり、現場の責任者たるカメラマンには事情を把握する義務がある。宝とリオンの仲の悪さは有名だし、カメラマンの位置からはリオンが足を引っ掛けるその瞬間が見えたかもしれない。

「……いえ。俺がうっかり足を滑らせただけです」

そうと承知の上で偽りを口にしたのは、死人のようなリオンの姿があまりに哀れだったからだ。

思い余って宝を転ばせようとしたものの、階段から落ちるとまでは思わず、予想以上の大ごとになってしまい茫然《ぼうぜん》自失状態なのだろう。これ以上追い詰めたくはない。…そう思えるのも、佑真に庇《かば》われ、傷一つ負わなかったからこそだが。

「そうか。…じゃあ、リオンは事務所に連絡して、迎えに来てもらうぞ」

カメラマンはほっと息を吐いた。宝の証言次第では事故ではなく事件に発展し、撮影が中止になる可能性もあったのだから、さぞや安心しただろう。

「…よし！　皆、準備にかかれ！」

「はいっ！」

『聖母《ヴィエルジュ》』を撮るという僥倖《ぎょうこう》に恵まれたのだ。命じるカメラマンも応じるスタッフたちも、皆表情は明るい。ただ一人、小栗に付き添われ、外へ連れ出されて行くリオンを除いては。

「リオン……」

「——宝」

妙な胸騒ぎを覚え、呼び止めようとした宝の手に、しなやかな指がするりと絡んだ。

「控え室に行こう。僕たちも支度があるだろう？」

「…でも…」

「早くしないと。時間はあまり無いよ」

このスタジオは時間単位の貸し切りであり、常に予約でいっぱいだ。美鶴の言う通り、急がなければ次の撮影クルーがやって来てしまうだろう。

後ろ髪を引かれつつも、宝は美鶴と共に控え室へ向かったのだった。


「——宝、見たぞ！」

思いがけず兄と共演することになった翌週。いつも通り正門で佑真の車を降りたとたん、興奮しきった児玉と小野寺に取り囲まれた。

二人の手には、人気女優が表紙を飾る女性ファッション誌が握られている。宝と兄が共演した『リコルヌ』の広告が初掲載された、三日前に発売されたばかりの最新号だ。

「美鶴さんと共演するなんて、教えてくれなかったじゃないか！」

「美鶴さん、相変わらず綺麗だよなあ。現役の時は勿論異次元の美貌だったけど、引退してからの方が凄味《すごみ》を増してるっていうか…」

「…おい、二人とも…」

二人が大声でまくしたてるせいで、学生たちの注目が突き刺さってくる。

その中に異質な…だが、奇妙に馴染んでしまった視線が混じっているのを感じ、宝は二人を近くの食堂に誘った。地下フロアにあるのと、最近完成したばかりのカフェテリアの方に学生が集まるせいでいつも空いており、目立たずに済むのだ。

「…ごめん、宝…」

「お前と美鶴さんの共演が拝めるとは思わなかったから、うっかり興奮しちゃって…」

一番奥のテーブルに陣取る頃には、児玉も小野寺も落ち着きを取り戻していた。しょげ返る二人に苦笑し、宝は二人が持ち込んだファッション誌を裏返す。

裏表紙の中央で微笑むのは、バーカウンターに座った美鶴だ。均整の取れた肉体のラインを、オフホワイトのニットが柔らかく描き出している。同じく白のトラウザーズも、白一色の装いに典雅な彩りを添えるロイヤルブルーのストールも、『アラン・ガブリエル』の最高級品だ。マティーニのグラスを傾ける指には、大粒のブラックサファイアをダイヤモンドが取り囲むイエローゴールドのリングが輝いていた。

対する宝は、リオンの時よりも明るいミディアムブルーのスーツに衣装を変更し、髪型もやや幼く見えるようセットし直してある。相手役が美鶴になり、再び弟役を務めることになったせいだ。

美鶴に優しく見守られ、モスコミュールにそっと口をつける宝は、兄の指南を受けながら初めてのバーに挑戦する、まだどこか幼さを残した弟である。その初々しさに、誰もが目を細めるだろう。背後の窓一面に広がる夜景に、一角獣をモチーフにした『リコルヌ』のブランドロゴが月光と共に踊っている。

すでに見本誌を献本されたが、何度見てもそのたび引き込まれてしまう。相手役がリオンのままだったら、この奇跡のようなショットは生まれなかっただろう。

——美鶴をリオンの代役に立て、撮影続行が決まった後、普通ならありえないことが立て続けに起きた。

まず『リコルヌ』の広報が本部に報告を入れたところ、一時間も経たずにブラックサファイアのリング…『リコルヌ』の最高級ラインのジュエリーがスタジオに運ばれてきたのだ。本来、リオンが着けるはずだったチェーンブレスレットでは『聖母《ヴィエルジュ》』たる美鶴にとうてい相応しくないからと、本部長が決定を下したという。

更に、どこから聞きつけたのか、『アラン・ガブリエル』の青山支店から美鶴用の衣装が大量に届けられた。しかも通常は撮影後に返却しなければならないところ、全て美鶴に贈るという大盤振る舞いである。

喜色満面の小栗が選《よ》りすぐったコーディネートとブラックサファイアのリングを身に着け、ロイヤルブルーのストールを翻す美鶴は、地上に舞い降りた天使だった。プロのカメラマンの腕をもってしても、その高雅な美の半分も収めきれていない。

アクシデントがあったにもかかわらず、撮影は予定の半分以下の時間で終了した。データを受け取ったクライアントはその出来栄えに歓喜し、来月号に掲載予定だった広告を、急遽今月号に差し替えたのだ。しかも、掲載位置を雑誌中面から裏表紙に変更するという豪気さである。裏表紙は雑誌を購入しない客の目にも付きやすいため、雑誌広告の中でも最も広告料が高くつくのだ。

無茶振り尽くしの予定変更を、部数の大幅増を見込んだ出版社は受け容れた。狙いは当たり、美鶴とその弟が共演する広告が掲載された雑誌は発売後即重版が決定したという。雑誌では異例の事態だ。

それでも店頭やネット書店では品薄状態が続いており、オークションサイトをチェックしてみたら、定価の数倍の価格で取引されていた。児玉と小野寺も、そちらで入手したのかもしれない。

……兄貴……。

赤面した友人たちが自分を凝視しているのにも気付かず、宝は切ない溜息を漏《も》らした。

ショーの控え室では、男女入り混じる中裸同然の姿でスタイリストを待つし、女性モデルと際どい絡みを演じたことだって何度もある。

けれど美鶴と共演したあの時ほど、胸が高鳴ったことは無かった。カメラマンの指示通り、はにかんだ表情を作れた自分を誉めてやりたい。

…美鶴には、隠しきれただろうか。自宅で共に過ごす時とは違う、一流の人間しか持たない艶めいた黒い瞳に、宝が呑み込まれそうになっていたことを。撮影から帰宅した後、あの瞳を思い浮かべ、密かに自慰に耽《ふけ》ったことを。

「…見て。三枝くんよ」

「お兄さんには似てないけど、やっぱりイケメンだよね。彼女とか居るのかな」

早めのランチに来た女子学生たちが、目敏く宝を見付けて頬を染めている。ちょっと気のある素振りをしてやれば、簡単に脚を開くだろう。

佑真がうるさいからしばらく控えていたが、そろそろ限界が近いのかもしれない。適当に遊んで、発散しておこうか。

「……っ…」

女子学生たちに手を振ろうとして、宝は思わず椅子から立ち上がった。また、視線を感じたのだ。

普段宝に注がれるのとは明らかに違う、欲望とは無縁の純粋な…だからこそ肌を刺す眼差しは、先週の教室で感じて以来、宝が大学に来るたび絡み付いてくるようになっていた。神出鬼没のそれは、誰にも言えない熱に侵されつつある宝の心をかき乱し、ひどく落ち着かない気分にさせる。

「…あいつか！」

きょろきょろと辺りを見回し、宝は食堂入り口の階段に佇む男を発見した。もっさりした髪型の、まだ若い男だ。その手に持ったスマホは、間違い無く宝に向けられている。

宝が自分の方を見ていることに気付くや、男はさっと踵《きびす》を返し、身軽に階段を駆け上がって行ってしまった。驚くほどの俊足だ。

「待て…っ…！」

宝はとっさに追いかけたが、階段を上った先のフロアに男の姿は無かった。

悔しさに歯噛《はが》みしていると、後を追って来た児玉と小野寺が息を弾ませながら現れる。宝が置いてきてしまったバッグや雑誌を持って来てくれたようだ。

「おい宝、いきなりどうしたんだよ…」

わけがわからずにいる児玉たちに男の存在を説明すると、児玉は怒り出し、小野寺は冷静に眼鏡のブリッジを押し上げた。

「…何か危ないな、そいつ。教室までは追って来ないってことは、たぶんうちの学生じゃないんだろうけど…もう、立派なストーカーになってないか？」

「確かに。今は盗撮だけでも、エスカレートしたら、何をしでかすかわからないな。…美鶴さんに相談した方がいいんじゃないか？」

児玉の言う通り、美鶴に相談すれば、真摯《しんし》に対応してくれるだろう。今後起きうるトラブルを未然に防ぐためにも、そうするべきだとわかってはいるけれど。

「…兄貴に、心配をかけたくない…」

宝が呟くと、児玉と小野寺はぱっと顔を見合わせ、何やら小声で話し合った。やがて頷いた児玉が、頼もしげに己の胸を叩いてみせる。

「そういうことなら、任せておけよ。要はそいつを捕まえて、二度とお前の近くをうろつかないようにしてやればいいんだろ？」

「それはそうだけど…どうやって？」

「まあ、見てろって」

児玉はふふんと得意気に鼻を鳴らし、逃げた男の特徴を宝から聞き出すと、グループ宛てのメッセージを送信した。しばらく遣《や》り取りを続けた後、スマホをポケットに仕舞い、会心の笑みを浮かべる。

「よし。人手は確保出来た」

「人手……？」

首を傾げた三時間後、その日最後の講義を終え、宝は構内の銀杏並木を歩いていた。珍しく一人――ではない。児玉と小野寺は、数メートル後方から宝を追跡している。彼らが紛れる人込みも、正門前にたむろする学生たちも、児玉の呼びかけによって集まった面々だ。

くだんの男は、宝が送迎の車に乗り込む際には必ず姿を現す。児玉はそう予想し、サークルメンバーに協力を要請した。宝が毎日車で送迎されているのは、宝に付いて回っていればすぐにわかるからだ。

宝の役割は一人で行動し、男の警戒心を緩めることである。昼間、宝に追いかけられ、男は用心しているはず。だがそこへ宝がさあ撮って下さいとばかりに一人で歩いていれば、誘い出されずにはいられないと児玉は断言していたが…果たして、そう上手くいくものだろうか。

不安を覚えつつも、いつもより緩やかな足取りで正門前に差し掛かった時だ。

視界の端…守衛の詰め所の陰に、不審な男を見付けた。いかにもスマホでメッセージを確認しているふうを装っているが、あの野暮ったい髪型は間違い無い。食堂で宝を盗撮した男だ。

宝は男に気取られないよう、そっと後ろに回した手で児玉たちに合図を送り、男の方をしゃくってみせる。勘付かれた様子は無く、互いの距離がどんどん縮まっても、男はそこに留まったままだ。

……まさか、本当にこんな手に引っ掛かるのか？

ついさっき、盗撮している本人に捕まりかかったのだ。いくら何でも幼稚というか、少々不用心すぎやしないだろうか。

――カシャッ。

妙な心配は、小さなシャッター音が吹き飛ばした。だっと走り出した宝を、背後の児玉が追い抜いていく。

「こら、テメェっ！」

「…っ…！」

児玉の剣幕に息を呑み、男は正門の外に逃げ出そうとした。だが、待ち受けていた児玉の仲間たちが次々と押し寄せ、男を取り囲んでしまう。

「…やっと捕まえたぞ。お前だな？　宝をずっとこそこそ盗撮してたのは」

　逃げ道を失った男の腕を、児玉は捩《ね》じり上げた。痛みに呻《うめ》く男を児玉の背後から覗き込み、宝ははっとする。

　男の姿をじっくり見たのはこれが初めてだが、乱れた前髪から現れた顔は精悍《せいかん》で凜々《りり》しく、思いのほか整っていた。まだ粗削りで、青臭さを残してはいるものの、磨き上げれば別人のように輝くだろう。こんな男が同性の盗撮に励んでいたなど、にわかには信じられない。

　……兄、貴……？

　まるで似ていないはずの顔に美鶴の面影が重なり、宝はぶるりと首を振った。盗撮男に似ているなんて、それこそ美鶴に対する冒瀆《ぼうとく》だ。

「お前……」

「あ、……っ！」

　宝が進み出ると、男は黒々とした瞳をかっと見開き、長い手足を激しくばたつかせた。予想外の抵抗に遭い、怯《ひる》んだ児玉の拘束を振り切り、宝に突進して来る。

「…くっ…」

「宝っ！」

　……殴られる!?

　男の拳が突き出された瞬間、とっさに両腕で顔面を守ったのは、モデルの本能と言うしかない。だがいつまで経っても衝撃は訪れず、恐る恐る腕を下げると、男が小型のデジタルカメラを乗せた掌《てのひら》を差し出している。

「…見ろってことか？」

宝の問いに、男はこくりと頷いた。無防備な仕草に幼さが滲んでいる。宝より十センチは背が高く、厚手のスウェットの上からでもわかるほど体格にも恵まれているのに、見かけより若い…いや、幼いのかもしれない。

「やめとけよ、宝…」

小野寺の忠告を無視して、宝は男に歩み寄った。男が自分に危害を加えるとは、どうしても考えられなかったのだ。

「…これ、は…」

受け取ったデジタルカメラのデータを確認し、宝は絶句する。宝、宝、宝――フラッシュメモリに記録されていたのは、全て宝の姿だったのだ。その枚数は、ざっと見ただけでも百枚以上。

児玉たちと談笑する宝、銀杏並木を歩く宝、食堂でランチを頬張る宝、購買部で文房具を品定めする宝、花壇の花を眺める宝、佑真の車に乗り込む宝……ありとあらゆるシチュエーションの宝が映し出されている。いつの間にこれほど撮られていたのかという驚きはあっても、気色悪さが皆無なのは、宝を捉えるカメラの目線に不純なものが一切混じっていないからだろう。

同じく宝を盗撮していたファンの女子学生の写真は、欲望が透けて見え、おぞましいとしか思えなかった。だが男の撮った不思議なほど透明感に満ちたそれから感じ取れるのは、いやらしさの欠片《かけら》も無い憧憬と慕情だけだ。

純粋な技術に関して言えば、普段宝たちモデルを撮影しているプロのカメラマンには遠く及ぶまい。だが男の写真には、技術を補って余りある魅力が…否、引力があった。問答無用で人の目を奪う、圧倒的な力だ。そう、ちょうど美鶴が美形揃《ぞろ》いの一流モデルたちの中にあって、いっそう輝きを放っていたように。

宝の手元を覗き込んだ児玉と小野寺までもが、言葉も無く男の写真に見入っている。

「……お前、一体誰なんだ？」

どうしてわざわざ、せっかく撮り溜《た》めたデータを宝に差し出したりしたのか。隠したままでいれば、児玉たちに手酷《てひど》い制裁を受けたとしても、データだけは手元に残せたかもしれないのに。

男はごそごそとジーンズのポケットを探り、取り出した名刺を宝に押し付けてきた。名前とＳＮＳのＩＤだけが印刷された、ごくシンプルなものだ。

「…三枝、柾鷹《まさたか》…？」

そこに記された名前を読み上げたとたん、男はがばりと跪いた。どよめく周囲には一瞥《いちべつ》もくれず、ただ宝だけを一心に見上げながら額を地面に擦《こす》り付ける。

「……頼む。あんたを撮らせてくれ！」

初めて耳にする男の声は低くかすれ、どこか胸を疼《うず》かせるような甘さを含んでいた。

自室のベッドに横たわり、宝はスマホを眺めていた。そろそろ夕食の時間だが、美鶴から今日は遅くなると連絡があったので、料理をする意欲が湧《わ》いてこない。一人きりでぼんやりしていると、どうしてもあの男——三枝柾鷹のことばかりが頭を巡ってしまう。

あの後、正門前はちょっとした騒ぎになった。土下座した柾鷹が、人目も憚《はばか》らずに喚《わめ》き散らしたからだ。

『俺は、あんたを撮りたい。…こんなに撮りたいと思ったのは、あんただけだ』

『——撮らせてくれるなら、何でもする。だからどうか…頼む…っ！』

児玉たちが無理矢理柾鷹を立たせ、引きずっていかなかったら、大学の守衛が駆け付けていただろう。下手をすれば、警察に通報されたかもしれない。

宝は迎えに来た佑真の車で帰宅したが、小野寺によれば、柾鷹はその後児玉のサークルの部室に連れて行かれたという。デジタルカメラとスマホのメモリーカードを取り上げられ、二度と同じことをしないよう言い含められた上で解放されたそうだ。

身分証明書の類は所持していなかったそうだが、こちらには盗撮の証拠となるメモリーカードがある。万が一、再び柾鷹が宝の前に現れたら、今度こそ警察に相談すればいいだけだ。

小野寺の言う通り、そこまでされたら二度と盗撮などしないだろう。…普通の人間なら。

「……あいつ、何を考えてるんだ？」

ひとりごち、見上げたスマホには、柾鷹のＳＮＳのメインページが表示されていた。そこには何十枚もの写真がアップロードされていたが、どれも建物や自然の風景ばかりだ。生きた動物や人間を撮ったものは、一枚も存在しない。

にもかかわらず、柾鷹は宝という被写体に固執して盗撮を続け、自らデータを宝に渡し、捕まってもなお撮らせてくれと懇願したのだ。一体宝の何がそこまで柾鷹を駆り立てるのか、まるで想像がつかなかった。

モデルとして活躍しているのだから、一方的に見初められ、執着されるのは珍しいことではない。だが柾鷹は、そういう類の輩《やから》とは違う気がしてならなかった。モデルでも美鶴の弟でもなく、宝自身を求めているような…。

おそらくあの男は、何度捕まろうと懲りずにやって来るに違いない——そんな宝の予想に反し、次の日も、そのまた次の日も、柾鷹は姿を現さなかった。あの視線も、撮られている気配もふっつり途絶え、今日でとうとう一週間になる。

児玉や小野寺は作戦が功を奏したのだと喜んでいるが、何故《なぜ》か宝の気分は晴れない。自宅で一人になると、つい柾鷹のアカウントを覗き、その写真に見入ってしまう。

夕暮れの町、雨に打たれる街路樹、洗濯物のはためく青空。ありふれた日常の光景にさえ魂を宿らせ、見る者の心を惹き付けて離さないのは、ごく一握りの天才だけだ。

同じ天才の弟として生まれ、才能だけがものを言う世界で揉《も》まれてきた宝だからこそわかってしまう。——柾鷹は、美鶴と同じ側の人間だと。

「…三枝、柾鷹…」

宝たち兄弟と同じ名字を持つ男は、何者なのだろう。三枝はありふれた名字ではないが、珍しいというほどでもない。偶然の一致に違いないのだ。そもそも柾鷹が本名を名乗っている保証も無いのだから。

……なのに、何だろう？　この、得体の知れない不安は……。

「…宝、起きてる？」

ごろりと寝返りを打った時、部屋のドアが開き、美鶴が足音もたてずに入って来た。

「兄貴？　…今日は遅くなるんじゃなかったのか？」

美鶴は答えず、ベッドの縁に腰掛けると、そっと宝の手を握り締めた。

典麗なその顔に浮かぶのはいつもの優しい笑みではなく、沈痛な表情だ。…まるで、何かを堪《こら》えるような。

「……兄貴？」

嫌な予感に駆られて起き上がると、いっそう強く手を握り込まれる。美鶴は何度か躊躇ってから、ようやく口を開いた。

「落ち着いて聞いて、宝。――母さんが、亡くなった」

「…はっ…？　母さん…？」

一瞬、誰のことを言われているのかわからなかった。母さん――美鶴と宝の母親である葉月は、宝が物心つく前に父と離婚し、家を出て行ってしまったのだ。

それ以来一度も連絡はおろか、訪ねて来たことすら無かった。家には写真の一枚も残されていなかったから、宝は母の顔も知らない。

宝にとって、美鶴こそが母だった。美しく優しく、無償の愛情を溢れんばかりに注いでくれる、唯一無二の大切な人だ。

実の母の葉月は、記憶の奥底に微《かす》かに残るだけの、おぼろな陽炎《かげろう》のような存在でしかなかった。それでも、自分を産んでくれた人が死んだと聞かされれば、うろたえずにはいられない。

「ど、…どうして、亡くなったの？」

「母さんは元々、あまり心臓が丈夫じゃなくて…五日前、急性心筋梗塞を起こして倒れたんだ。病院に搬送されたけど、一度も意識を取り戻さないまま、今朝…」

「…そう、…なんだ…」

唇を震わせ、宝はふと疑問を抱いた。住所すら定かでない母の死を、美鶴はどうやって知ったのだろうか。しかも、亡くなるまでの詳しい経過まで。

宝たちを引き取ってくれた父方の祖父母は、数年前に相次いで亡くなっている。母方の親族とは没交渉で、母の死を知らせてくれるような親族など居ないはずなのに。

宝の疑問など、美鶴にはお見通しらしい。

「海斗《かいと》叔父さんが、連絡をくれたんだよ」

「…海斗、叔父さん？　誰だよ、それ…」

「僕たちの父さんの弟だよ。……そして、母さんの現在の夫でもある」

「――は…っ…？」

わけがわからなかった。父に兄弟が居ること自体初耳だし、祖父母からも聞いた覚えは無い。父の葬式にも、それらしき人物は参列していなかったと思う。

その叔父が母の…兄の妻だった女性の夫だなんて、何がどうなっているのだ？

「…ごめんね、宝」

兄の胸に抱き寄せられ、馴染んだ優しい匂いに包まれると、波立った心は少しずつ凪《な》いでいく。

「…何で、兄貴が謝るんだ？」

「今まで、宝には黙っていたけど…僕たちの母さんは、海斗叔父さんと…義理の弟に当たる人と浮気していたんだよ。宝が生まれてから、ずっと」

宝たちの実父である航平は留守がちで、葉月は精神的に不安定な状態が続いていたそうだ。宝を産んでからはそれがいっそう酷くなり、心配した海斗は折に触れ兄嫁を励ましに訪れるようになった。

最初は、親族としての純粋な厚意だったのだろう。だが葉月は優しく包み込んでくれる海斗に救いと癒やしを求め、海斗もまたそんな葉月を女性として愛してしまった。

義姉《あね》と義弟《おとうと》、許されぬ愛を密かに育んだ二人は、とうとう駆け落ちという手段を選んだのである。

葉月には、当時まだ二歳の宝が居たにもかかわらず。

「僕はもう中学生だったから、母さんの様子がおかしいのには気付いていたんだ。…でもまさか、宝を置いて駆け落ちするなんて…」

「……兄貴……」

ああ、そうだったのか——全ての疑問が、すとんと腑《ふ》に落ちた。

母親が幼い子どもを捨て、駆け落ちしたというだけでも醜聞なのに、その相手がよりにもよって夫の弟なのである。妻と弟に裏切られたからこそ父は打ちのめされ、死ぬまで酒に溺《おぼ》れてしまった。宝たちを引き取ってくれた父方の祖父母も、息子の仕出かした過ちをまだ幼い宝には伝えられず、叔父の存在を隠すしかなかったのだろう。

父は母の残していった離婚届に判を押し、役所に提出したそうだから、両親の離婚は成立している。駆け落ちした母と叔父は、晴れて夫婦になったからといって、祖父母のもとに連絡を寄越せるほど厚かましくはなれなかったのだろう。だから今まで母から何の音信も無かったのだと宝は納得したのだが、そうではなかったらしい。

「…実は…父さんが亡くなった時、お祖父《じい》さんを通じて母さんから連絡があったんだ。僕と宝を引き取りたいって」

「えっ……？」

「——でも、僕が断った。母さんが駆け落ちした時、宝はまだ二歳だったんだ。母親が居なければ生きていけない、幼い宝を、母さんは捨てた。…母親より、女であることを選んだ。そんな女に、宝を任せる気にはどうしてもなれなかった」

普段は決して言葉を荒らげない兄の声が、怒りと悲しみに震えている。優男然とした外見を裏切る広く逞しい背中に腕を回せば、いっそう深く抱き込まれた。

「…本当は、わかっていたんだ。母さんも叔父さんも、悪い人じゃない。僕たちにすまないことをしたと、心から後悔していた。僕さえわだかまりを捨てて母さんの申し出を受ければ、宝は両親の揃った家庭で成長出来たんだって」

「…兄貴、…兄貴…」

「ごめん、宝。それでも……どうしても、僕は母さんに…あの女に宝を渡せなかった。…渡したくなかったんだ。僕の宝を。…可愛い、僕の子どもを…！」

「…あ、…兄貴…っ…！」

　たまらなくなって、宝は兄の胸に顔を埋めた。幼い頃しょっちゅうそうしていたように、鼻先をぐりぐりと押し付ける。

「謝る必要なんて無い。…俺は、兄貴と一緒に過ごせて幸せだったんだから」

「…宝…、でも…」

「身体を張って働いて、俺を育ててくれたのは兄貴じゃないか。…母さんは確かに俺を産んでくれたかもしれないけど、それだけだ」

　美鶴は優しいから、母や叔父が悪い人ではないと言うが、本当に悪い人でなければそもそも家族を裏切って駆け落ちなどしなかったはずだ。そんな二人のもとで育てられるなんて、想像しただけでもぞっとする。

「……俺の家族は、兄貴だけだ。兄貴が居てくれれば、それでいい」

「…宝…、…ああ、…可愛い僕の宝…」

　つむじに落とされる口付けが、母の訃報で空いた心の穴を癒やし、更に喜びで満たしてくれる。母が死んだばかりなのに不謹慎だとは思わない。

……こんなに兄貴に愛されるのは、俺だけだ。俺だけが、兄貴の可愛い弟なんだ。

誇らしさと愉悦を噛み締めながら、宝は兄の胸にもたれかかる。それを難無く受け止め、少し寝癖のついた髪を優しく撫でてくれていた美鶴は、やがて宝の背をそっと叩いた。

「……兄貴？」

もっと撫でて欲しかったのに。いっぱい口付けて欲しかったのに。

不満を露《あら》わにする宝に、美鶴は苦笑する。

「出来たら僕もずっとこうして宝を可愛がってあげたいけど…そろそろ支度をしないと、間に合わないから」

「…支度？」

「母さんのお通夜だよ。仮にも僕たちは息子なんだから、経緯はどうあれ、参列しないわけにはいかないでしょう？」

指摘されてみれば、もっともな話だった。普通なら真っ先に思い至るべきなのに、すっかり忘れていたあたり、宝も動揺していたのかもしれない。

二十歳のお祝いに誂《あつら》えてもらった黒の喪服に着替え、宝は同じく喪服姿の美鶴と共に家を出た。マンションの地下駐車場で待っていた佑真の車に乗り込み、向かうのは三鷹《みたか》にあるという母の自宅だ。

最近の葬儀は葬祭場で行われることが多いが、自分の通夜と告別式は自宅で営んで欲しいと、かねてから母が口にしていたらしい。心臓の弱い自分は長生き出来ないと、予感していたのだろう。

四十分ほどで到着した母の自宅は、瀟洒《しょうしゃ》な一戸建てだった。佑真には近くのパーキングに停《と》めた車の中で待っていてもらい、美鶴と二人で母の自宅を訪ねる。

「……美鶴くん、それに宝か。よく来てくれたね」

迎えてくれた叔父の海斗は、日焼けした逞しい男性だった。写真で見た父は線の細い神経質そうな人だったから、まるで似ていない兄弟だ。

だが宝の視線は、やつれた顔に無理矢理笑みを浮かべる叔父ではなく、その背後に立ち尽くす男に吸い寄せられる。高校の制服とおぼしきブレザー姿は初めて見るが、間違い無い。

男のわななく指先が、宝を不躾《ぶしつけ》に指し示した。

「…あんた、どうしてここに？」

――それはこっちの台詞《せりふ》だ。どうして盗撮犯がこんなところに居るんだ!?

喉を突きそうになった糾弾を、宝はすんでのところで呑み込んだ。ここは母の通夜の席で、隣には美鶴が居るのだ。美鶴はまだ、宝が盗撮されていたことを知らない。犯人がこの男…三枝柾鷹であることも。

母と駆け落ちした叔父と共に現れた柾鷹。同じ名字。…まさか、この男は…。

嫌な予感にかられる宝に、海斗は頭を下げた。

「息子が失礼な口を利いて、申し訳無い」

「む、…息子…？」

「この子は…柾鷹は、私と葉月が結婚してから生まれた子なんだ。……君たちの、父親違いの弟に当たる」

説明する海斗の声には、苦渋がありありと滲んでいた。それはそうだろう。柾鷹が母と叔父の間に生まれた子なら、宝たちの異父弟であると同時に従弟《いとこ》でもあるという、実に複雑な関係になる。しかも宝と美鶴は同じ母親の息子でありながら、柾鷹だけが両親の揃った家庭で育てられたのだ。宝たちから母を奪った形になる叔父が、罪悪感に苦しむのは当然だった。

だが当の柾鷹は、父親とは違う感情に支配されているらしい。

「…俺の、兄さん…？」

わななく唇で呟いたとたん、やつれていた顔を歓喜に輝かせたのだ。ぎょっとする父親を押しのけ、まだ靴も脱がずにいる宝に突進してくる。

「すごい、…すごいっ…！　まさかあんたが俺の兄さんなんて…！」

「…おい、ちょっと…っ…」

「やっぱりあんたは、俺の運命の人だったんだ。兄さん…、俺の兄さんっ…」

「——柾鷹くん」

甘く艶やかな…だが人を従わせる力を持った声に、今しも宝に触れようとしていた柾鷹の手がびくりと止まった。まるで、主人に叱《しか》られた犬のように。

「申し訳無いけれど、僕たちはお母さんに会いに来たんだ。まずはお焼香をさせてもらえるかな？」

「…あ、…あぁ…」

『聖母《ヴィエルジュ》』の微笑みに、柾鷹はおろか、海斗までもが頬を染め上げる。やがて先に我に返ったのは、海斗の方だった。

「……す、すまない。遠慮せずに上がってくれ」

「ありがとうございます。…行こうか、宝」

頭を下げた美鶴と共に、宝は一階のリビングに通された。白い蘭《らん》と遺影が飾られたささやかな祭壇の下に棺《ひつぎ》が安置され、その手前には焼香台が設けられている。

仕切りの扉を取り払い、隣接するダイニングまで繋げた空間は広々としているが、弔問客の姿は一人も無かった。母の親族や友人縁者には、まだ訃報が伝わっていないのだろうか。

「葉月と結婚した時に、ほとんどの親族や友人たちとの縁は切れてしまったのでね」

「…そう、でしたか」

肩を竦める海斗に、何と返すべきかわからなかった。

父方の祖父母――叔父にとっての両親の葬儀に、叔父は呼ばれなかったはずだ。実の親の最期に立ち会えなかったのは自業自得だと、母を奪われた息子としてはほくそ笑むべきなのだろうか。

だが、棺の前に跪き、小さな窓から覗く母の死に顔を目《ま》の当たりにしても、何の感慨も湧いて来ないのだ。美鶴に少し似ているな、と思うくらいで。正確には美鶴の方が、母に似ていると言うべきなのだろうけれど。

もの言わぬ母よりも、宝には柾鷹の方が気にかかる。海斗に小突かれ、殊勝に口を噤《つぐ》んではいるが、宝の背には言葉よりも雄弁な視線がさっきからぐさぐさと突き刺さっている。

……あの男が、俺たちの『弟』……。

あれきり姿を現さなくなったのは、倒れた母に付き添っていたからなのだろう。だが、柾鷹はどうやって宝を見付けたのだろうか。さっきの反応を見る限り、宝を異父兄と知って付け回していたのではないようだが…。

「…、……っ……」

考え込んでいた宝を現実に引き戻したのは、押し殺した嗚咽《おえつ》だった。隣に並んで跪いた美鶴が、掌で顔面を覆い、小刻みに肩を震わせている。

「あ、……兄貴……」

白い頬を伝う涙が、母の死にさえほとんど動じなかった心を激しく揺さぶった。

どうして気付かなかったのだろう。二歳で捨てられた宝には母の記憶などほとんど無いが、美鶴は当時中学生だったのだ。宝を置いて男と逃げたことに対する憤りと同時に、捨てきれない愛情が残っていてもおかしくはない。

美鶴は『聖母《ヴィエルジュ》』の双《ふた》つ名に相応しい、清廉な心と慈愛の持ち主なのだから。

「…兄貴…、…泣くなよ、兄貴…」

「……宝……」

たまらず兄の肩をさすれば、しなやかな腕に引き寄せられた。

海斗と柾鷹が息を呑む気配がしたが、宝はおとなしく兄の腕の中に収まる。ともすれば砕けて消えてしまいそうな今の美鶴を、放っておけるわけがない。

「兄貴……」

「…ありがとう。宝は優しい子だね…」

朝露に濡れて咲く白百合のような美鶴の笑みが、宝に現実を忘れさせる。母の駆け落ちの真相も、その死も…柾鷹の正体さえも。

やはり、宝の家族は美鶴だけだ。美鶴さえこうして傍に居てくれればいい。

「……二人とも。名残《なごり》は尽きないだろうが、少しいいだろうか。話があるんだ」

海斗が遠慮がちに声をかけてこなかったら、傷心の兄からいつまでも離れられなかっただろう。

勧められるがまま弔問客用の座布団に腰を下ろすと、海斗と柾鷹も正面に落ち着いた。まっすぐ宝に据えられた柾鷹の視線が、じりじりと喪服の下の素肌を焼く。

「…それで、お話というのは？」

平静を取り戻した美鶴が問うと、海斗はおもむろに切り出した。

「葉月の遺産のことだ。君たちも葉月の子である以上、相続の権利がある」

亡き母葉月の法定相続人は、現在の夫たる海斗とその間に生まれた柾鷹、そして前夫との子である美鶴と宝の四人だ。法定相続分は夫が二分の一、残り半分を息子たちが等分に分けることになるが、海斗は自身の相続分を放棄するつもりだという。

「何故、そんなことを？」

宝の疑問に、海斗は静かに首を振った。

「…ずっと前からの、葉月の希望だ。もし自分が亡くなった場合、遺産は子どもたちだけに遺《のこ》す。それくらいしか、自分にはもう償いようが無いからと」

海斗が自分の相続分を放棄すれば、それだけ美鶴や宝、柾鷹に渡る遺産は増える。そうすることによって少しでも美鶴や宝に償いたいのだろうと宝には想像がついたのだが、柾鷹は違うようだ。

「…親父《おやじ》？　償うって、どういう意味なんだよ…」

「…柾鷹。後で説明するから…」

「どうして母さんが、兄さんたちに償わなきゃならないんだよ。母さんはずっと兄さんたちに会いたがってたのに、許してくれなかったのは向こうの祖父さんと祖母《ばあ》さんだろ!?」

　向こうの祖父さんと祖母さんというのは、宝たちを引き取ってくれた父方の祖父母のことだろう。二人は死ぬまで何も言わなかったが、父が亡くなり、美鶴に引き取りを拒まれた後も、母は宝たちとの面会を望んでいたらしい。

「…失礼ですが、もしや柾鷹くんには、僕たちの父親との離婚の経緯を教えていらっしゃらないのですか？」

　宝の疑問を、美鶴が代弁してくれた。

「……すまない。君たちは納得がいかないだろうが、私たちの罪に柾鷹は関係無い。この子まで、罪悪感に苦しませたくなかった…」

　海斗は項垂《うなだ》れ、そう弁解するものの、円満な家庭にひびを入れたくなかったというのが本音だろう。多くの係累を失った葉月と海斗にとって、自分たち家族だけがよすがだったのだろうから。

　美鶴も宝と同じ感想を抱いたはずだが、追及はしなかった。

「そのことについて、貴方《あなた》を責めるつもりはありません。しかし、この期に及んで蚊帳《かや》の外では、柾鷹くんも可哀想《かわいそう》です」

「…そう…、だな。君の言う通りだ…」

海斗はゆるゆると顔を上げた。その口から真相が——母が二人の息子を捨て、元夫の弟である父と駆け落ちをしたという醜聞が明らかにされていくにつれ、柾鷹はみるまに青ざめていく。

「そんな…、じゃあ、母さんは兄さんたちを捨てて…」

……母さんは、こいつにとってはいい母親だったんだろうな。

可哀想なくらいうろたえる柾鷹を見ていると、そう思わずにはいられなかった。

自分を捨てた母親が、駆け落ちした先で他の子を可愛がっていた。そんな事実を突き付けられれば、宝もまた衝撃を受けるのが普通なのだろうが、何も感じない。…宝には、美鶴が居てくれるから。

「…兄さんたちは、俺を恨んでるのか…？」

「……っ…」

雨に打たれた子犬のような眼差しで縋られた瞬間、宝の背筋を冷たい汗が伝い落ちた。

——『兄さん』。

ついさっきまで、美鶴を兄と呼べるのは宝だけだった。宝もまた、美鶴にとって世界でただ一人の弟だった。

…けれど、今はもう違う。柾鷹もまた、美鶴の弟なのだ。父親が違うと言っても、宝たちの父と柾鷹の父は兄弟である。この身に流れる血は、ほぼ同じだ。

そして柾鷹は、平凡な宝と違い、写真という唯一無二の才能を有している。その美貌と才覚で世界を跪かせた美鶴と同じ…。

「……恨むわけがないよ」

震える宝の拳をそっと撫で、美鶴は微笑んだ。

「海斗叔父さんも言っていたでしょう？　大人の事情に、君は関係無い」

「じゃあ、どうして…」

柾鷹が責めるように宝を見詰めた。恨んでいないのなら何故宝は口を閉ざしたままなのか、と聞きたいのだろう。

「…君と同じだよ。宝も、今日初めて母さんの離婚の真相を知らされたんだ。君という弟の存在も、今初めて知った。だから、混乱しているだけ。…そうだね？　宝」

「あ、……うん」

微かに声がかすれてしまったのは、美鶴の唇が弟という言葉を紡いだせいだ。

——弟。美鶴がそう口にする時、意味するのは宝だけだったのに。

「…本当に…？」

じっと見据えられると、居心地が悪くてたまらなかった。

確かに、宝は柾鷹に恨みなど抱いてはいない。亡き母にも柾鷹にも、そこまでの思い入れは無い。

…あるのは、焦燥だ。自分以外に、美鶴の『弟』が存在するという事実に対する——。

「……ああ。本当だ」

「…そう、…か」

宝は視線を逸らしながら頷くが、柾鷹は納得出来ずにいるようだ。その鋭さも美鶴譲りか、と思ってしまい、自己嫌悪にかられていると、美鶴が海斗に向き直った。

「――海斗叔父さん。せっかくのお申し出ですが、そもそも僕は母さんの遺産を受け取るつもりはありません。放棄します」

「…な…っ、…何故だ？　君の稼ぎに比べたら微々たる額かもしれないが、この家も敷地も葉月の名義だ。売れば相当の額になるはずなのに…」

「金額は問題ではありません。…受け取りたくないんです。僕の可愛い宝を捨てた母からは、一銭たりとも。勿論、宝が遺産を受け取ることまでは止めませんが…」

断言する兄が全身から発散する怒りに、海斗と柾鷹は威圧され、蛇に睨まれた蛙《かえる》のように萎縮してしまっている。

だが宝の心は、じわじわと溢れ出る歓喜に満たされていた。常に笑みを絶やさない兄が、宝のために人前で怒気を露わにしてくれているのだ。…宝が、たった一人の可愛い弟だから…。

「……俺も、要らない」

亡き母には何の感情も無いけれど、美鶴が母を拒むのならば、宝も要らない。美鶴以外の人は、誰も。

「宝くん!?」

「…兄さんっ!?」

沸き立つ心のままに言い放つや、硬直していた海斗と柾鷹が揃って目を剝《む》いた。美鶴の指が、気遣わしげに宝の手に絡み付く。

「…宝。宝まで、僕に合わせなくていいんだよ。母さんが宝の母親であることに、変わりは無いんだから」

「兄貴に合わせたわけじゃない。…これは、俺の意志だ」

……俺の母親は、兄貴だけだ。

胸を占める感情は、言葉にせずとも伝わったようだ。美鶴はきゅっと宝の手を握り締め、海斗に宣言する。

「お聞きの通りです、海斗叔父さん。僕たち兄弟は、相続を放棄します」

「…い、いや、だが、そんな…」

「後ほど弁護士に放棄の手続きを依頼します。家裁での手続きが完了したら、弁護士からそちらに連絡をさせますので。…お話はそれだけですか？」

問いかけられても、叔父は目を白黒させるだけだった。妻の急死でただでさえ消沈しているのに、予想外の展開が続き、付いていけないのかもしれない。

叔父が何も言えずにいるのを了承と受け取り、美鶴は宝を促して立ち上がる。

「では、僕たちはこれで失礼します。ご多忙の折にお邪魔してしまい、申し訳ありませんでした」

よそよそしいあいさつは、とても実の母親の葬儀に参列した息子のものとは思えないほど冷ややかだったが、情け知らずだと詰《なじ》る資格など海斗には無い。悄然《しょうぜん》とする叔父を置き去りに、宝は兄と二人で母の家から引き上げる。

「……ま、…待って…！」

柾鷹に呼び止められたのは、今まさに玄関を出ようとする時だった。相当焦って追いかけて来たのか、臙脂《えんじ》色のネクタイが少し曲がっている。

……これ、どう見ても制服だよな……。

ブレザー姿の柾鷹を、宝はしげしげと観察してしまった。さすがに中学生ということはないだろうから、高校生だろう。十代なら幼さが残っているのも納得だが、まさかまだ学生だったとは…。

「…柾鷹くん？　どうしたの？」

微笑む美鶴に柾鷹は息を呑んだが、意を決したように宝の手を摑《つか》んだ。とっさに振り払おうとしたが、年下のくせに宝よりずっと硬く大きな手は力強く、絡み付いて離れない。

「…俺、あんたを撮らせてもらうのを諦めたわけじゃないから！」

「…は…？」

「あんたを見付けたのは…本当に、偶然だったんだ。撮影の帰り、たまたま街中であんたを見かけて…あんただけが、輝いて見えた。生きた人間を撮りたいって思ったのは、あの時が初めてだった」

「…ちょっと、お前、もっと静かに…」

息子がまた宝たちに絡んでいると思ったのか、我に返った海斗がリビングから顔を覗かせている。玄関ポーチにはなかなか出て来ない宝たちを心配した佑真が迎えに来たし、隣には怪訝《けげん》そうに首を傾げる美鶴が居る。彼らの目は、宝に釘付けなのだ。

だが、宝の制止も周囲の注目も、柾鷹を止められない。

「たまらずあんたを追いかけて、陰からずっと撮ってきたけど…あんたが兄さんだったのは、きっと運命だ。あんたは、俺の天使なんだよ…！」

きらきらと輝く黒い双眸《そうぼう》に取り込まれてしまいそうで、宝はごくりと息を呑んだ。

……隣の美鶴がどんな顔をしているのかなんて、気付く余裕も無かった。


青山の自宅に帰ってから、宝は佑真と美鶴に問い詰められ、盗撮の一件を事細かに白状させられた。

「…しかしまあ、すごい偶然もあったものだよなあ。街中で遭遇した天使が、実の兄だったなんて」

感心する佑真を、隣に座った美鶴が苦い顔でたしなめる。

「笑いごとじゃないよ、佑真。結果的に無事だったからまだ良いけど、相手によっては宝の身に危害が及んだかもしれないんだから」

「……ごめん、兄貴」

宝が頭を下げると、美鶴はテーブルの向こうで腕を組んだ。いつに無く厳しい表情に、身体が硬くなる。

「どうして、今まで黙っていたの？　トラブルが起きたらすぐ僕か佑真に相談するようにって、言ってあったよね？」

「…心配させたくなかったから。ただでさえ忙しい兄貴を巻き込むくらいなら、自分で何とかしようって…」

「相手が凶器でも隠し持っていたら、どうするつもりだったの？　宝以外にも、児玉くんや小野寺くんたちが傷付けられたら？」

　ぐうの音も出なかった。美鶴の言う通り、児玉たちの計画が上手くいったのは偶然と幸運が重なった結果だ。柾鷹に友人たちが傷付けられたりしたら、宝は自分が許せなかっただろう。

「……宝。僕は、宝が大事なんだよ」

　自己嫌悪で潰れそうになった宝の心を、さっきまでとは打って変わった微笑みが包み込んだ。悪魔をも魅了する、聖母の笑みだ。

「…兄貴…」

「宝よりも重要なことなんて無いんだ。宝のためなら、何を失ったって構わない。…だから、約束してくれるよね？　もし今後何かあったら、どんなにささいなことでも僕に相談するって」

「……する。約束するよ、兄貴」

　素直に頷くと、美鶴は笑みを甘く蕩かし、佑真は何故か唇を歪めた。『どん底まで落としてから上げるとか、さすが女王…』と呟いたのは、どういう意味だろうか。

「…あー、ごほん。盗撮の件は今後俺に任せてもらうとして、葉月さんの相続放棄なんだが、手続きは俺の後輩に任せてもいいか？」

　わざとらしく咳払《せきばら》いをし、佑真は愛用のタブレットをテーブルに置いた。

「放棄は必要書類を揃えて申請するまでが面倒だし、今後あちらと交渉するのを考えても、代理人を立てておくべきだと思うんだが」

「僕はそれでいいと思うけど、宝は？」

「うん、俺もいいよ」

宇都木《うつぎ》聡介《そうすけ》というその後輩は、T大法学部在学中に司法試験に合格した秀才だそうだ。佑真の後輩が無能なわけがないし、任せておけば安心である。

「じゃあ、明日さっそく聡介に依頼しておくから。お前たちは無理せず、ゆっくり休んでおけよ」

放棄の理由について深く追及せず、さっさと引き上げていったのは、佑真なりの思いやりなのだろう。

兄弟二人だけになり、デリバリーで簡単に夕食を済ませた後、宝は早々にベッドに入った。今日は疲れただろうから早く休めと、美鶴に勧められたのだ。

だが、部屋を暗くして毛布をかぶっても、眠気はまるで訪れてくれない。身体は確かに疲れているのに、頭が異様に冴《さ》えているせいだ。

「…俺の、弟…か」

夕食の間に美鶴から聞いたことだが、叔父の海斗は報道カメラマンだそうだ。父親の才能を受け継いだ柾鷹は、高校生ながら幾つもの賞を獲《と》り、今やその界隈《かいわい》では有名人物らしい。風景しか撮らない天才フォトグラファーとして。

頑《かたく》なに風景だけを撮り続けてきた柾鷹が、何故宝に限って撮りたがるのか。…唯一無二の才能を持つもう一人の『弟』を、美鶴はどう思っているのか。

慈愛深い兄のことだ。母に死なれ、両親の不義を知らされて苦しむ柾鷹を、心から哀れんでいるだろう。叔父が相続の話を持ち出さなかったら、あの場にしばし留まり、優しく慰めてやっていたかもしれない。いつも宝にそうしてくれるように。

抑えきれない嫉妬に悶《もだ》えているのは、宝だけだ。まだ高校生の柾鷹が…美鶴に愛される資格を持つ『弟』が、妬ましくて仕方無い。

重苦しい感情を呑み込み、硬く閉ざした瞼《まぶた》の裏に、棺に安置された母の姿が浮かんでくる。生気の失せたその死に顔に美鶴が重なり、宝はたまらず跳ね起きた。

……兄貴っ……！

「…はぁっ…、はあ、はあっ…」

痛いくらい激しく脈打つ心臓が落ち着くのを待ち、宝はのろのろとベッドを抜け出した。足音を忍ばせて向かうのは、隣にある兄の部屋だ。

鈴蘭《すずらん》をかたどったベッドランプの淡い光に照らされ、美鶴は穏やかな寝息を立てていた。佑真と打ち合わせを済ませてから眠ると言っていたが、疲れには勝てなかったのだろう。

目覚める気配が無いのに安堵し、宝は素早く兄の隣に滑り込んだ。規則正しく上下する胸にそっと顔を埋め、絹の寝間着越しに温もりと鼓動を感じていると、不安は淡雪のように溶かされていく。

……大丈夫だ。美鶴は宝を置いて死んだりしない。ずっと一緒に生きてくれる。母に捨てられ、父を亡くした幼い宝に、そう約束してくれたのだから。

「……おにい、ちゃん」

呟いた瞬間、小さく呻いた美鶴が寝返りを打ち、しなやかな両の腕《かいな》に囲い込まれた。ぎくりと硬直した脚にも、美鶴の長いそれが絡められる。互いに横向きでぴったりと身体を密着させ、抱き合う格好だ。

目を覚ましたのかと思ったが、美鶴の長い睫毛に縁取られた瞼は閉ざされたままだ。ほっと息を吐き、宝は密着した兄の胸の匂いを吸い込む。

「…おにいちゃん。…おにいちゃん…」

昔のようにたどたどしく呼ぶたび、いつもは抑え込んでいる熱が沸々と血を滾《たぎ》らせ、股間に集まっていく。

……駄目だ、こんなの…俺は弟なんだ。こんなこと、絶対にいけないのに……！

必死に己に言い聞かせるが、全身を包む美鶴の匂いと温もりの前で、理性は無力だ。震える手をパジャマのウエストに差し入れ、下着の中に忍ばせるのを止められない。

「……ぁ、…っ…」

半勃《だ》ちの性器に触れたとたん、迸《ほとばし》りかけた嬌声《きょうせい》を、宝は無理矢理呑み込んだ。美鶴を起こしてしまわないよう、そろそろと己の肉茎を扱《しご》くうちに、数年前の記憶がよみがえってくる。

…初めて精を吐き出したのも、美鶴の腕の中だった。いつものように美鶴に抱かれて眠り、目を覚ますと下着がぐしょぐしょに濡れていた。こっそり自分の部屋に戻り、めそめそ泣きながら汚れた下着を洗ったのだ。

その日以来、宝は兄と同じベッドで眠らなくなった。それまではこの上無い安堵をもたらしてくれていた温もりが、重なり合う肌が、自分の中の欲望を引きずり出すのだと気付いてしまったから。

呼び方も『おにいちゃん』から『兄貴』に変えた。美鶴は悲しそうにしつつも、成長の証《あかし》だと微笑ましく思ってくれたようだが、本当は違うのだ。

…宝は、いい子なんかじゃない。たった一人の弟なのに、兄の温もりに包まれて性器を硬くしてしまう、悪い子なのだ。

美鶴にだけは知られたくない。その一心で女の子相手に発散してきたけれど、こうしてベッドの中で抱き締められるだけで、身体は容易《たやす》く熱を孕《はら》む。…ついさっき、母の葬儀に参列して来たばかりなのに…！

「…ごめんなさい、おにいちゃん。…悪い子で、ごめんなさい」

奇跡のようなバランスで成り立つ美貌。神秘的ですらある寝顔が、罪悪感と同じだけの欲情を煽《あお》り立てる。侵してはならない聖なるものを、汚す快感――。

「…おにいちゃん。…おにい、ちゃんっ…」

眠る美鶴の胸に顔を埋め、何度か扱きたてるだけで、性器は硬く張り詰めた。女を抱く時とは比べ物にならない早さだ。

――もしも、性器を扱いているのが美鶴だったら。火照る肌を、柔らかな唇で吸い上げてくれるなら。迸った精液を、美鶴の白く滑らかな手に受け止めてもらえるなら。

淫らさを増す一方の妄想が、宝の手を加速させていく。

「……ん、…ぅ…っ…」

達する瞬間、声を上げずに済んだのは、とっさに兄の寝間着を噛んだおかげだ。

びゅくん、びゅくんと先端から精液が溢れるのに合わせ、美鶴と絡んだ脚が小刻みに跳ねてしまう。宝は焦ったが、幸運にも美鶴が目覚める気配は無い。相当疲れているのだろう。

……そんなの、当たり前だ。

自己嫌悪に襲われ、宝はぎゅっと瞼を閉じた。『ヴィエルジュ』の社長としてただでさえ多忙なところへ、母の死まで加わったのだ。もしかしたら宝には黙っていただけで、母が倒れて病院に搬送されたその日からずっと海斗と連絡を取り合っていたのかもしれない。さもなくば、あんなにスムーズに葬儀に参列など出来なかっただろう。

複雑な感情を抱く相手との遣り取りは、繊細な美鶴の神経をすり減らしたに違いない。けれど美鶴は、宝に決して愚痴など零《こぼ》さないのだ。常に優しい微笑みを絶やさず、何があっても宝を受け止めてくれる。…それがどれほど大変なことか、曲がりなりにもモデルとして社会に揉まれ、やっとわかったはずなのに。

無意識に美鶴に甘えてしまうばかりか、その肌と熱に包まれれば欲望を煽られる。愚かで役立たずな自分が可愛がられるのは、美鶴のたった一人の弟だからだ。

…でも、美鶴の弟は宝だけじゃない。柾鷹が居る。

大学で児玉たちが柾鷹を捕まえた時、美鶴が重なって見えたのも道理だ。正真正銘、血の繋がった弟なのだから。

両親に愛されて育った、まっすぐな柾鷹。あの弟なら、美鶴にこんな不埒《ふらち》な欲望など覚えないのだろうか。素直な柾鷹を、美鶴もきっと気に入って、可愛がって…。

「っ……」

こみ上げてくるどす黒いものを、宝は詰めていた息と共に呑み込んだ。細心の注意を払って美鶴の腕から抜け出し、自分の部屋に逃げ帰る。

「……ごめんなさい、おにいちゃん」

精液で汚れた掌を広げ、嗚咽する宝を、壁に掛けられた聖母だけが見詰めていた。


母の葬儀から一週間ほど経ったある日。

「……宝さんだ。最近よく会うな」

「『リコルヌ』の広告、見たか？　まさか兄弟揃い踏みを拝めるとはな…」

宝が青山にある『ヴィエルジュ』の事務所を訪れると、所属モデルたちの無遠慮な視線があちこちから突き刺さった。六階建てのビルの三階から最上階までを借り切った事務所は三階がモデルエージェンシー、四階がモデル養成所になっており、モデルの卵たちも数多く出入りするため、受付のある三階のロビーは常に賑《にぎ》やかだ。

社長の美鶴に憧れて『ヴィエルジュ』の門を叩き、すさまじい倍率を勝ち抜いて見事所属を認められた彼らは、大きく二つのパターンに分かれる。リオンのように宝を敵視するか、美鶴の弟だからと媚《こ》びるかだ。

どちらにせよ相手にするのは面倒なので、話しかけられる前にさっさと通り過ぎてしまうのが最善だ。表情を殺して歩く宝に、佑真が隣からにやにやと笑いかけてくる。

「さすが王子。注目の的だな」

「……煩《うるさ》い。黙ってろ」

宝が美鶴の信奉者たちから反感を買うのには、間違い無く佑真も絡んでいるのだ。憧れの社長の右腕である佑真が、モデルとしてはまだまだキャリアの浅い宝に付き従っていれば、面白くないだろう。

「……あれ？」

社長室に通じる廊下を突っ切ろうとして、宝はふとフリースペースのマガジンラックに目を留めた。立てかけられているファッション雑誌を手に取り、ぱらぱらとめくってみる。

「王子、どうした？」

「王子はやめろって言ってるだろ。…いや、リオンがどこにも載ってないなと思って…」

専属でこそないが、リオンはデビュー以来この雑誌の仕事をメインでこなしており、毎号どこかで掲載されているはずだった。そう言えば、以前階段で足を引っ掛けられたあの撮影以来、一度も姿を見ていない。同年代のリオンとは、何だかんだで同じ現場で出くわすことも多かったのに。

「リオン？　あの子なら引退したぞ」

「……え？　引退？」

あっけらかんと告げられ、宝は雑誌を取り落としそうになった。

「何それ。初めて聞いたんだけど」

「ほんの半月ほど前のことだからな。何でも急に留学が決まったとかで、事務所との契約もすでに解除したそうだ」

宝と違い、キッズモデルから着々とキャリアを築き上げてきたリオンはプロ意識も高く、美鶴のような国際的モデルを目指していたはずだ。それが突然引退し、留学したと聞かされても、にわかには信じられない。

「どうして留学なんて…」

「さあ？　そこまでは俺もわからんよ。事務所同士の付き合いで、情報が回ってきただけだからな」

そう言われてしまえばそれまでだが、何故かリオンが気になった。相性は最悪だったのに、最後に見たあの怯えきった表情が、どうしても忘れられない。

まさか、あの一件で良心の呵責《かしゃく》に耐え切れなくなったとか？　いや、リオンがそんな殊勝な性格だとは思えない。

だとすれば本当に留学なのか。あれほど美鶴に憧れていたリオンが、モデルの夢を捨ててまで…？

「ほら、行くぞ王子。美鶴が待ってる」

軽く背中を叩かれ、宝は雑誌をマガジンラックに戻した。ブルーのカーペットが敷かれた廊下を通り、ステンドグラスの嵌《は》め込まれた白い重厚なドアを開けると、正面の窓から外を眺めていた美鶴がゆっくりと振り返る。

「宝。お帰り」

「……ただいま、兄貴」

慣れることの無い美貌に内心見惚れながら、宝は大きく広げられた兄の腕の中に自ら飛び込んだ。白のシャツに包まれた腕が、愛おしそうに宝の背に回される。

「予定より少し遅いけど、今日の仕事はどうだった？」

「…面白かったよ。監督が拘《こだわ》りのある人で、途中で脚本を書き換えたり、何度もやり直されたりしたけど」

今日の仕事は、若い女性に絶大な人気を誇るバンドの新曲ＰＶだった。美鶴は宝のキャリアアップに繋がると判断すれば、ジャンルにかかわらずどんな仕事でも引き受けさせる。

新曲は人気ゲームアプリのテーマソングでもあるそうで、宝の役どころはゲームにも登場する『氷の王子』というキャラだった。銀髪のウィッグをかぶせられ、やたらときらびやかな衣装を着せられたのには戸惑ったが、キャラになりきって動くのはスチールの仕事とはまた違う面白味があり、楽しかった。

「あの監督は、ものになると思った役者には容赦無いからね。宝はきっと見込まれたんだよ」

「だと、いいけど…」

「そうに決まっているよ。宝は僕の、可愛い弟なんだから」

宝の耳元で甘く囁《ささや》いた唇が、首筋から項《うなじ》へと滑っていき、肩口に埋められる。シャツ越しに吐息を吹きかけられ、反応しそうになる股間を、宝は必死になだめた。蠱惑《こわく》的になるばかりの、兄の匂いにくらくらしながら。

「…兄貴、もう…」

このままでは、兄の前で股間を膨らませてしまいかねない。宝は遠慮がちに美鶴のシャツを引いたが、抱擁は緩むどころか、いっそう強くなった。

「……今日も、誰にも狙われたりしなかっただろうね？」

「…うん。大丈夫」

「良かった。…可愛い宝に何かあったら、僕は生きていけないよ」

安堵に震える声が、宝から抵抗の意志を削《そ》いでいく。おとなしく身を委ねると、頭に口付けの雨を降らされた。

――母の葬儀に参列した翌日から、宝は大学や仕事の帰り際、事務所に立ち寄ることを義務付けられた。それまでは電話かメールで一報を入れれば直帰が許されていたし、多忙な兄とは夜以外顔を合わせない日も多かったのだが、必ず無事な姿を見せるようにと厳命されてしまったのだ。

仕事に関しては基本的に放任主義の美鶴が、ここまで宝を縛るのは珍しい。正直窮屈ではあるが、また柾鷹のような輩が出るのではないか心配なのだと泣かれてしまえば、拒むことは出来なかった。もし拒むのなら大学に許可を取り、専属のボディガードを付けるしかないとまで言われれば尚更だ。

それ以来、こうして仕事が無い日は大学から、ある日は現場から事務所に寄り、兄の仕事が終わるのを待って一緒に帰宅する日々が続いている。今まで可能な限り事務所には足を踏み入れずにいたので、昼間こんなに美鶴と顔を合わせるのはモデルを始めてからは久しぶりだ。

「さあ、座って宝。今日は宝の好きなアップルパイを用意したよ」

ようやく美鶴の気が済むと、手ずからおやつを振る舞われる。座らされるのは来客用のソファではなく、宝のために新しく運び込まれたというアンティークのソファだ。兄と並んで待っていると、程無くして佑真がティーセットを運んで来る。

「お待たせしました、王子様」

「……どうも」

王子じゃない、と反論したくなるのを、宝はぐっと堪えた。反応すれば佑真を喜ばせるだけだし、美鶴の前で口汚い言葉を使うわけにはいかない。

「ああ、そうだ。宇都木から報告書が届いたぞ。相続放棄が家裁に受理されたって」

佑真が差し出した報告書に目を通し、美鶴は頷いた。

「……確かに。仕事が早くて助かるよ」

「海斗さんも結局放棄したそうだから、お袋さんの遺産はお前たちの弟が一人で相続することになるな」

——あんたが兄さんだったのは、きっと運命だ。

きらきらと輝いていた柾鷹の双眸を思い出してしまい、宝はアップルパイにフォークを突き刺した。運命だ、天使だと騒いでいたくせに、その後柾鷹は一度も宝の前に姿を現していない。

ほっとしつつも、拍子抜けなのは確かだった。柾鷹のことだ。児玉たちとの約束など平気で破り、弟だからと堂々とやって来るのではないかと危惧していたのに。

…宝と違い、柾鷹は亡き母に愛されて育った。葬儀の日こそ異父兄たちの登場に興奮していたが、時が経つにつれ、母を失った悲しみに囚《とら》われてしまったのだろうか。

「…宝？　どうしたの？」

兄の心配そうな眼差しに、宝は慌てて首を振った。

「いや…、このアップルパイ、美味しいなって思って」

「そう？　良かった。たくさんあるから、いっぱい食べて」

食べやすい大きさに切ったアップルパイの欠片を、美鶴はフォークで宝の口元に差し出した。佑真がにやにや笑っているのは癪《しゃく》に障るが、少し迷った末、宝は欠片にぱくりと食いつく。

「…美味しい？」

もぐもぐ咀嚼《そしゃく》しながら頷けば、美鶴の笑みは慈愛に蕩けた。結局、その後もアップルパイは皿ごと美鶴に奪われ、全て美鶴の手から食べさせてもらうことになってしまう。

羞恥にかられながらも拒めないのは、美鶴がいつになく嬉しそうだから…だけではなく、宝自身も幼子の頃に戻ったかのようなこの状況を内心歓迎しているからなのだろう。

ティータイムを終えた後も、宝は社長室に留まり、美鶴の仕事が終わるのを待った。シンプルかつスタイリッシュに設計されたオフィスフロアと異なり、イタリア製の家具で統一された部屋は居心地が良く、本やゲームも豊富に揃っており、退屈はしない。…もっとも、佑真と共に着々と仕事をこなしていく美鶴を眺めているだけでも、時間はあっという間に過ぎ去ってしまうのだが。

二人して佑真の車に乗り込んだのは、夕方五時近くだ。今日の夕食は宝が昨夜から煮込んであるビーフシチューなので、自宅近くの商店街で下ろしてもらい、ひいきにしているブーランジェリーでバゲットを買っていくことにする。夕方から翌日の早朝までしか営業していない、風変わりな店だ。

ちょうど焼き立てを入手出来た上、美形兄弟を拝めたお礼だと大量のおまけまで付けてもらった。上機嫌で店を出たところで、雲行きの怪しかった空からぽつぽつと雨粒が落ちてくる。

兄と二人、速足でマンションのエントランスに入ろうとした時、植え込みから現れた男に進路を塞《ふさ》がれた。

「……君は……」

とっさに宝を庇った美鶴が、戸惑いの声を上げた。兄の背からそっと顔を出し、宝も目を丸くする。

「お前……、柾鷹？　どうしてこんなところに…」

「…親父から聞いた」

「いや、そういうことじゃなくて…」

宝が聞きたいのは、何の目的で宝たち兄弟の家を訪れたのかだ。重ねて問いかけようとするが、太《ふと》股《もも》をやんわり押し返す美鶴の手に止められてしまう。

「柾鷹くん。僕たちに会いに来てくれたのかな？」

「……だったら、駄目なのか？」

「まさか。また会えて嬉しいよ。良かったら家に上がって行かない？」

「…ちょ…、ちょっと、兄貴！」

とんでもない誘いをかける美鶴の手を、宝はぐいっと引き寄せた。

「何でそいつを家に誘ったりするんだよ…！」

「何でって…ずいぶん長い間待たせてしまったみたいだし、これから雨も酷くなるだろうから、放り出すのは可哀想でしょう？」

ひそひそと会話をする間にも、雨足は強くなる一方だ。遠くから雷鳴も近付いてきている。確かに、この悪天候の中、すげなく追い返すのは哀れかもしれないが…。

ちらりと一瞥した柾鷹は、両の拳をきつく握り締めながら雨に打たれていた。頬を伝う雨の雫《しずく》が一瞬涙のように見えてしまい、どきりとする。

図体こそ宝より大きくても、柾鷹は未《いま》だ高校生で、母を亡くしたばかりの子どもなのだ。宝があくまで追い返そうとすれば、優しい美鶴は不審に思うだろう。

「……おい、柾鷹」

「…っ…！」

低く呼びかけると、柾鷹はがばりと顔を上げた。餌にありついた野良犬みたいだな、と呆れつつも、エントランスの方をしゃくってみせる。

「仕方ないから上げてやる。付いて来いよ」

「…いい、のか？」

「兄貴がいいって言うなら、俺も文句は無い」

不満の滲む声に、柾鷹の顔がくしゃりと歪んだ。微かな罪悪感に襲われる宝の肩をぽんぽんと叩き、美鶴も柾鷹を促す。

「行こう、柾鷹くん。早くしないともっと濡れてしまうよ」

「……わかった」

微笑みかけられた柾鷹の頬が僅かに紅《あか》く染まったのを、宝は見逃さなかった。ずん、と重くなる心を押し殺し、マンションの最上階に上がる。

「…すげえ…。本当にここに住んでるのか？　兄さんたち二人で？」

「そうだよ。佑真以外でここに呼んだのは、君が初めてだね」

美鶴の好みで設えられたリビングに通され、物珍しそうにきょろきょろする柾鷹に、美鶴が優しく答えてやっている。二人が寄り添う姿は、仲の良い兄弟そのものだ。

……もしかしたら、俺よりも柾鷹の方が、兄貴の弟らしく見えるかもしれないな。

ダイニングで仕込んでおいたビーフシチューを温めながら、宝は心がいっそう重たくなるのを感じた。弟らしいも何も、柾鷹は間違い無く美鶴の血を分けた弟ではないか。

愛情深い兄が、若くして母を亡くした弟を気にかけるのは当然だ。柾鷹だからではない、弟だからなのだ。

必死に自分に言い聞かせても、心の中の重石《おもし》は大きくなるばかりで、だんだん息苦しくなってくる。

…美鶴も美鶴だが、柾鷹も柾鷹だ。運命だとか天使だとか調子のいいことをほざいておきながら、美鶴の傍を離れないなんて。ちらちらとこちらをしきりに窺っているのも、ただのポーズだろう。本当は美鶴に優しくされて、悦に入っているに違いない。

「……俺、部屋に戻る。明日提出のレポートを仕上げなくちゃならないから」

宝の忍耐力が持ったのは、三人での夕食を終えるまでだった。宝、と美鶴に呼び止められるのを無視し、自分の部屋に逃げ込む。

――おとなげないことをしている。その自覚はある。

宝がビーフシチューを早々に平らげ、席を立った時、柾鷹は今にも泣きそうな顔をしていた。母親を亡くしたばかりの少年に、取っていい態度ではなかった。

けれど、どうしても止められないのだ。美鶴が柾鷹に笑いかけるたび、柾鷹が美鶴と会話を弾ませるたび、際限無く湧き出てくるどす黒い嫉妬が。

『兄貴に可愛がられていいのは俺だけだ！』

あのままあそこに居たら、きっとそう叫びながら二人の間に割り込まずにはいられなかっただろう。美鶴にそんなみっともない姿を晒すくらいなら、冷たいわがままな子だと思われた方がまだましだ。

「…兄貴…」

レポートはただの口実だから、何もすることは無い。宝は兄から贈られた聖母の絵に歩み寄り、優美な曲線を描く頬を指先でなぞる。

「兄貴。…おにいちゃん…」

聖母の腕に抱かれる幼いキリストが、遠い昔の記憶を呼び覚ます。仕事人間の父はろくに帰って来ず、まだ駆け落ちをする前の母もしょっちゅう家を空けていた。今にして思えば、海斗と密会を重ねていたのだろう。

代わりに美鶴が傍に居てくれた。母のように宝の世話を焼き、父のように頼もしい腕で守ってくれた。

美鶴だけしか存在しない宝の小さな世界には、何の不安も無かった。あのまま生きていられれば、どれほど幸せだっただろうか。

「……兄さん？」

訝しげな声に突如静寂を破られ、宝は跳び上がりそうになった。ばっと振り向けば、部屋の扉を開けた体勢のまま、柾鷹が立ち尽くしている。美鶴と柾鷹のことで頭がいっぱいだったせいで、内鍵をかけ忘れてしまったのだ。

今更気が付いても、もう遅い。呆然と見開かれた柾鷹の目は、聖母の頬を撫でる宝に注がれている。

……見られた⁉

「…お前…っ、勝手に入って来るんじゃねえよっ…！」

宝はとっさにデスクの上のボールペンを掴み、柾鷹に投げ付けた。かなりの勢いだったにもかかわらず容易くキャッチされたのが悔しくて、蛍光ペンを何本かまとめてぶつけてやるが、全てかわされてしまった。

「兄さん、何を…」

「うるさい！　俺を兄さんなんて呼ぶな！」

消しゴムや定規を手当たり次第に投げ付けて、ようやくペーパーウエイトが柾鷹の手に当たった時は僅かに溜飲《りゅういん》が下がったけれど、すぐさま後悔と羞恥が襲ってくる。

年下相手に癇癪《かんしゃく》を爆発させた挙句、ものを投げ付けるなんて最低だ。もとはと言えば、鍵をかけ忘れた宝が悪いのに。

何より——弟にこんな真似《まね》をしたなんて、美鶴にばれてしまったら……。

青ざめる宝に、柾鷹はおずおずと語りかけてくる。

「…大丈夫だよ。美鶴兄さんなら、さっき佑真って人から電話があって、自分の部屋に引っ込んでるから」

「え……」

何も言っていないのに…まともに話したことすら無いのに、どうして宝の頭の中が読めるのだろう。まじまじと凝視され、柾鷹は僅かに唇を歪める。

「見てればわかるよ。兄さんが、美鶴兄さんを好きでたまらないことくらい。…俺も、同じだから」

「…じゃあ、やっぱりお前も…」

美しく優しい美鶴という兄に、魅了されてしまったのか。宝はごくりと息を呑むが、柾鷹は拍子抜けしたように首を振る。

「違う。…俺が気になってどうしようもないのは…あんただよ。兄さん」

「……は、ぁ？　お前、頭がおかしいんじゃないのか？」

美鶴と宝が並んでいたら、百人が百人、美鶴に心を奪われるに決まっているのだ。実際、柾鷹だって美鶴とばかり話していたではないか。

「それは、兄さんが俺を無視しまくってたからだろ。俺は美鶴兄さんじゃなくて、あんたと話したかったのに」

「…どうして、俺なんかと？」

歓迎してくれる美鶴ではなく、取り付く島も無い宝に拘る理由がわからない。宝は美鶴の弟だ。それ以外の何者でもないはずなのに。

「――俺、さ。ずっと、兄さんたちに憧れてたんだ」

開いたままだった扉を後ろ手で閉め、柾鷹は長身を壁にもたれかけさせた。勝手に部屋に入るなと文句をつけてやりたかったが、寂しそうな表情を見せ付けられると、何も言えなくなってしまう。

「母さんから、あんたには本当は二人のお兄さんが居るのよって聞かされてて…。俺は兄弟が欲しかったけど、母さんは俺を産んで身体を壊しちゃったから、よけいに兄さんたちに会いたくてたまらなくなった。…母さんが兄さんたちを捨てて、父さんと駆け落ちしたなんて知らなかったから」

「……」

死んだ母の胸中を推し量るすべは、もはや無い。

だが父の死後、宝たちの養育を申し出たことといい、柾鷹の話といい、捨てていった息子たちを諦めたわけではなかったようだ。いずれは手元に引き取り、兄弟三人で仲良く暮らさせてやりたいと願っていたのかもしれない。…むろん、そんな生活など願い下げだが。

「俺が兄さんに嫌われるのは当たり前だ。…でも、偶然見付けて付け回して、盗撮までしたあんたが憧れ続けた兄さんだってわかった時は、本当に運命だって思ったんだ。不謹慎だけど、あの瞬間だけは母さんが死んだことすら忘れてた。あんたは俺なんて嫌で嫌でたまらないかもしれないけどさ」

「…どうして俺なんだ？　お前、人間は全く撮ってこなかったくせに」

「――ＳＮＳ、見てくれたのか」

男らしい顔が驚愕に染まり、次いで喜びに綻んだ。心底嬉しそうな表情に、宝の方が戸惑ってしまう。

「アカウントを押し付けてきたのは、お前じゃないか」

「そうだけど、まさか本当に見てくれるとは思わなかったから。あんたの眼中にあるのは、美鶴兄さんだけだし」

兄さん、と柾鷹が口にするたび、重苦しい心はささくれ立っていく。だが同時に、異父弟であり従弟でもあるこの男に対する興味をそそられるのも確かなのだ。

じかに会って話すのはまだ二度目にもかかわらず、柾鷹は宝の気持ちを見抜いている。その鋭い観察眼は、報道カメラマンだという海斗譲りなのか。それとも、柾鷹自身の才能なのか…。

じっと観察していると、柾鷹の小指が微かに赤くなっていることに気付いた。さっき、ペーパーウエイトをぶつけた時の傷だろう。今更ながら自分の子どもっぽさを突き付けられ、自己嫌悪が湧いてくる。

「…その指…、怪我させて悪かった」

「え？　…ああ、こんなの傷のうちにも入らないよ。外で撮影してると、生傷なんてしょっちゅうだし」

屈託の無い笑みに、苛立《いらだ》ちや嫌味は微塵《みじん》も含まれていない。むしろ宝が自分を気にかけたことを、喜んでいるようだ。

「……なあ、兄さん」

いくぶん柔らかくなった空気の中、柾鷹はやおら身を起こした。

「さっき、その聖母の絵に寄り添うあんたを見た時…俺は、自分の目は間違ってなかったんだと確信したんだよ」

「……？」

「信じてもらえないかもしれないけど、…俺は…」

重大な秘密の気配を感じ、無意識に身構えた時だった。閉ざされた扉が、外側から叩かれたのは。

「――柾鷹くん。ここに居る？」

「…っ、……はい」

ぎくりと身を竦ませた柾鷹が扉を開けると、美鶴がスマホを片手に立っていた。何故か頬を強張らせる柾鷹と宝を見比べ、嬉しそうに微笑む。

「良かった。少しは打ち解けられたみたいだね」

「……うん、まあ」

真実はとても告げられず、ぎこちなく顔を逸らすと、入って来た美鶴に引き寄せられた。自然な仕草で腰を抱かれ、頭を優しく撫でられる。

「さっき海斗叔父さんから電話があったんだけど、今夜は急な予定が入って、家を留守にするんだって。君さえ良ければ、今日はこのまま家に泊まったら？」

「……兄貴っ!?」

宝はぎょっとして兄の袖を引くが、美鶴は微笑むだけだった。誰もが心を許さずにはいられない『聖母《ヴィエルジュ》』の笑みに、柾鷹は詰めていた息を吐き出す。

「……迷惑でなければ、そうさせてもらえるとありがたい……です」

「迷惑だなんてとんでもない。君も僕の弟なんだから、くつろいでくれると嬉しいな」

あれよあれよという間に話は纏まり、柾鷹は客間に泊まることになった。柾鷹が風呂を使うために引き上げていったとたん、宝は兄を問いただす。

「…どうして、あいつを泊まらせたりするんだよ…!?」

「もう夜の八時を過ぎたし、こんな天気の中、三鷹まで帰らせるのは可哀想でしょう?」

閉め切った窓には、さっきから勢いを増した雨風が叩き付けられている。夕食の時、間が持たずに点けたテレビの天気予報では、今夜から明日にかけて都内は大荒れだと言っていた。今外に出れば、最寄《もよ》り駅に辿り着くまでに濡れ鼠《ねずみ》になるのは確実だ。

「だったらタクシーを呼ぶか、佑真にでも送らせればいいじゃん」

「そういうことじゃないんだよ、宝。家に帰っても、今夜、柾鷹を待っていてくれる人は誰も居ないんだ。母親を亡くしたばかりの子が、こんな日にたった一人で夜を明かすなんて可哀想だと思わない?」

「…、思う、…けどっ…」

正論だからこそ言い返せず、もどかしさに歯噛みしていると、すっとおとがいを掬《すく》い上げられた。

「……どうしたの?　素直で優しい宝らしくもない。…母さんと叔父さんのことを、意識してしまうのかな?」

違う、と即座に反論しかけ、宝は言葉を呑み込んだ。

美鶴が柾鷹にも優しいから嫉妬しているだなんて子どもみたいなことを言ったら、呆れられるに決まっている。…美鶴の心が、ますます柾鷹に傾いてしまうかもしれない。

「…俺は、…俺は…」

「……いいんだよ、宝」

瑞々《みずみず》しく柔らかい唇が、額にそっと落とされた。兄の撮影に伴われた幼い宝がぐずりそうになるたび、与えられてきた口付けは、二十歳になった今も甘く宝を酔わせる。

「宝は今まで、母さんたちの事情を何も知らなかったんだ。盗撮の件もあるし、すぐに柾鷹くんを受け容れられないのは当たり前だよ」

「兄貴……」

「…ただ、それでも柾鷹くんは僕たちの弟で、母さんたちの事情には何の責任も無い。そのことだけは、忘れないであげて欲しい」

「……うん」

背中で拳をきつく握り締め、宝はのろのろと頷いた。もしも盗撮の犯人が柾鷹でなければ、美鶴は決して許さなかったはずだ。宝と同じ『弟』だからこそ、柾鷹は美鶴に受け容れられている……。

「いい子だね、宝。…宝が一番可愛い、僕の子だよ」

抱き締めてくれる兄の顔は見えないけれど、きっと背後の壁に飾られた絵の聖母と同じ表情をしているのだろうと思った。

それからも柾鷹は週に一度は必ずマンションに顔を出し、泊まっていくようになった。

『きっと、母さんを亡くしたばかりで寂しいんだよ。海斗叔父さんは仕事柄、あまり家に帰れないみたいだし』

宝としては断固拒否したかったが、美鶴にそうたしなめられてしまえば、受け容れざるを得なかった。柾鷹の滞在中は、美鶴の傍を片時も離れないのがせめてもの抵抗だ。

『…なあ、兄さん、頼むよ。一度だけでもいいんだ。俺に、あんたを撮らせてくれ』

しかし、宝にいくら無下にされても、柾鷹はめげなかった。マンションを訪れるたび、美鶴の肩越しに頼み込んでくるのだ。そこだけは美鶴にきつく咎《とが》められたそうで、以前のように大学まで追いかけて来ないのがせめてもの救いだが。

強い意志のこもった双眸に貫かれると、心まで見透かされてしまいそうだった。柾鷹は宝と二人で話したいと何度もせがんできたが、応じられるわけがない。

部屋に押し掛けられるのが怖くて、夜は美鶴のベッドに潜り込んだ。美鶴は苦笑しつつも宝を腕の中に迎え、抱き締めて眠ってくれた。

『何だか、小さい頃に返っちゃったみたいだねえ』

くすくすと笑われても、べつだん腹は立たなかった。美鶴という美しい兄を独占していた宝が、柾鷹という新しい弟に兄の寵愛《ちょうあい》を奪われそうでやきもきしているようなものだという自覚はあったからだ。

『…呆れてる？　兄貴…』

たおやかな見た目に反して鍛えられた胸にしがみつき、おずおずと問えば、美鶴は宝の背中を温かい掌でさすってくれた。

『可愛い宝が甘えてくれるのに、呆れるわけがないよ』

『……本当に？』

『言ったでしょう？　宝は僕の子どもなんだから、いくらでも甘えていいんだって』

——宝が居てくれるから、僕は幸せに生きていられるんだよ。

そう囁いてくれる美鶴を、ならどうして柾鷹も可愛がるんだと詰ってやりたかった。…でも、無理だった。自分から兄の腕をねだったくせに、翌朝、兄が起きる前にこっそり自室に戻り、勃起《ぼっき》してしまった性器を慰める弟に、兄を責める資格など無いとわかっていたから。

……宝はもう、兄を母親と慕っていた頃の宝ではない。本当の姿が露見してしまえば、突き放されるだけ。承知していながら無邪気を装って兄を求める自分の、何と愚かなことか……。


不本意ながらも、柾鷹の訪問が日課になりつつあったある日。

佑真はどうしても外せない案件があるそうで、珍しく宝は一人で行動していた。と言っても一人なのは撮影の間だけで、大学から現場、そして現場から青山の事務所までの送迎は、佑真の部下がきっちり代理を務めたのだが。

珍しいことは重なるもので、いつも通り事務所に立ち寄ると、兄も席を外していた。『ヴィエルジュ』所属のモデルが数多く参加予定のコレクションでトラブルが発生したらしく、急遽美鶴自ら出張って行ったそうだ。

時間がかかるなら先に帰宅しようかと思ったが、美鶴の秘書に止められてしまった。

「宝さんをお一人で帰したりしたら、社長に叱られてしまいます」

美鶴がその程度で怒るところなど想像もつかなかったが、秘書の表情は真剣そのもので、とても無視は出来なかった。仕方無く誰も居ない社長室に通され、いつ戻るとも知れない兄の帰りを待っている。

「……さて、と」

読み終えた本を棚に仕舞い、宝は何気無く美鶴の机の上を見遣った。興味のある本はあらかた読んでしまったので、何か面白そうなものがないかと思ったのだ。美鶴のもとには毎日のように出版社から献本が届けられている。

しかし、今日に限って目当ての本は無かった。筆記用具やノートパソコンの他には、オレンジ色の小さなアルバムがあるきりだ。

「…何だろう、これ…」

新しく所属したモデルのポートフォリオか何かだろうか。それにしては小さいなと首を傾げながら表紙をめくり、宝は後ろ頭をしたたかに殴られたような衝撃に襲われる。

「え、……兄、貴……？」

写真の中で微笑んでいるのは……美鶴だった。モデル時代の美鶴ではない。現在の美鶴だ。よく家で着ているお気に入りのニットの部屋着を纏い、ソファにゆったりと腰掛けている。

宝しか拝めない、くつろいだ笑顔――それにも増して宝の心に爪を立てるのは、映り込んだ背景に嫌というほど見覚えがあることだ。

このソファも壁紙も、壁に飾られた絵も、有田《ありた》焼の鉢に植えられた観葉植物も…間違い無い。ここは自宅のリビングだ。

美鶴は社交的だが、公私の区別はきっちり付けており、自宅に上げるのは半分家族扱いの佑真くらいだ。

ならばこれは、佑真が撮影したのか？

――ありえない。宝は即座に否定した。最近のデジタルカメラは高性能だから、技術が無くてもそれなりのものは撮れるが、佑真ではとてもこんなふうには表現出来ない。いや、他の誰にも不可能だ。何の関心も無い者の目すら吸い寄せ、釘付けにして離さない引力を持つ写真を撮ることなんて。

けれど宝は、それが出来る男を一人だけ知っている。

「……柾鷹……！」

口走ったとたん、真っ黒に染まった感情が怒涛《どとう》の如《ごと》く押し寄せてくる。

あんたが撮りたいんだと何度もせがんでおきながら、どうして美鶴を撮ったのか。美鶴も美鶴だ。

仕事以外ではたとえ世界的に有名なフォトグラファーからの依頼でも被写体にはならなかったのに、何故プロのカメラマンでもない柾鷹に撮らせてやったのか。

…わかっている。美鶴に問うたなら、きっとこう答えるのだろう。

——弟だからだと。柾鷹も宝と同じ、僕の可愛い弟だからだと。

「っ…、して…、どうしてだよ…、兄貴も、柾鷹も…！」

たった一羽、安全な巣から蹴り出された雛《ひな》のような気分だった。心細さに震えながら見上げた巣では、ついさっきまでは自分だけを愛してくれていたはずの親鳥が、自分ではない雛を可愛がっているのだ。

怒りで目の前が真っ赤に染まりかけた時、ポケットの中のスマホが振動した。のろのろとタップすると、柾鷹からのメッセージが表示される。つい先日、懇願に負けて連絡先を交換したばかりだった。

「…ふざけるなよ…っ…！」

メッセージを確認するや、宝はスマホを床に叩き付けた。今から二人で会えないかだなんて、どの面下げて言えるのだろう。美鶴の寵愛を盗んだ挙句、宝ではなく美鶴を撮った男に、宝が会うとでも思っているのか？

「…宝さん？　何かありましたか？」

「……俺、帰ります」

駆け込んできた秘書を押しのけ、宝は社長室を足早に出て行った。慌てた秘書がビルの一階まで追いすがって来るが無視し、タイミング良く通りかかったタクシーを拾う。

さすがの秘書もタクシーの中までは追って来ず、十分ほどでマンションに到着した。最上階に上がる間もスマホはひっきりなしに振動していたが、もはや確認する気にもなれない。

「…兄貴、兄貴、兄貴…っ…」

自分の部屋に駆け込み、壁に掛けられた聖母の絵を額縁ごと荒々しく剝《は》ぎ取った。抱き締めたもの言わぬ冷たい絵画が、ぼたぼたと溢れる涙の雫に濡れていく。

「う、…あぁっ、あ、ああああっ……」

一度堰《せき》を切ってしまえば、もはや涙を堪えることなど出来なかった。

美鶴が柾鷹を選んだ。宝よりも、柾鷹の方が可愛くなったのだ。

もう宝は、美鶴のたった一人の弟ではない。柾鷹が居る。美鶴の心には、いつの間にか柾鷹が住み着いてしまった。

「うわあああん…っ、ああ…っ…」

声を上げて泣きじゃくるなんて、幼い子どもの頃以来だ。あの頃は泣けばすぐに美鶴が飛んで来て、慰めてくれた。けれど今は、宝が全身を震わせながら号泣していても、誰も来てくれない。

きっと宝のことなど忘れ、兄弟水入らずで楽しいひとときを過ごしているのだ。コレクションでトラブルがあったというのも、どこまで信用出来るのか。

「…に…っ、い、…ちゃ…ぁ…っ…」

……嫌だ、嫌だ、嫌だ。こんな絵なんかじゃ嫌だ。おにいちゃんじゃなきゃ嫌だ。

身体の中をぐるぐると回る熱が今にも肌を突き破ってしまいそうで、宝は傍にあったクッションを何度も殴り付けた。押し掛けてきた柾鷹がそのクッションを使っていたことを思い出すと、拳にはいっそう力がこもった。

……あんな奴、生まれてこなきゃ良かったのに……！

ただの記号にも等しかった母親に、宝は初めて感情を抱いた。憎悪という感情を。母が宝たち家族を裏切らなければ、柾鷹は生まれなかったのだ。

頭が憎しみ一色に染まりかけたところで、宝はふと気付く。もしも母が家族のもとに留まったなら、自分が美鶴に育ててもらうことは無かったのだ。美鶴とて、宝というお荷物が無ければ、今頃自分の家庭を持っていたかもしれない。

「…嫌…、…そんなの、嫌だよぅ…」

美鶴の可愛い子どもではない自分。自分以外の子どもを可愛がる美鶴。

想像しただけで虫唾《むしず》が走った。美鶴に愛されていいのは宝だけなのだ。宝は美鶴の腕しか欲しくないのだから。…たとえ生みの母親でさえ、宝と美鶴の間に割り込んではならないのだから。

「…おにい…ちゃん…、…おにいちゃん、おにいちゃん……！」

美鶴が宝だけを愛してくれるのなら……宝だけのものになってくれるのなら、何でもする。悪魔に魂を売ったっていい。

「——どうしたの？　僕の可愛い宝」

血を吐くような叫びに、返るはずのない応えが返された。はっと顔を上げた宝の濡れた頰を、薄闇でもなお白い指がなぞっていく。

「…おにぃ…、ちゃん…？　どうして…」

宝の願いを叶《かな》えるため、本当に悪魔が現れたのだろうか。だが、カーペットに跪き、宝を覗き込んでいるのは間違い無く美鶴だ。『聖母《ヴィエルジュ》』の笑みを、悪魔に真似出来るわけがない。

「宝に呼ばれたら、たとえ世界の果てに居たって駆け付けるよ。……可哀想に。こんなに目を腫らして……」

「…あ、…ぁ、…っ…！」

眦《まなじり》に触れようとした手を、宝は反射的に叩き落とした。傷付いたように歪む美貌に胸がずきりと痛むが、いけないのは美鶴なのだ。

「……宝……？」

「に、…おにいちゃんが、悪いんだっ…！」

聖母の絵をぎゅっと抱き締め、宝は美鶴を睨み付ける。

「おにいちゃんが…、あいつに、…柾鷹に、撮らせたりするか
俺に、何にも言わないで…っ…」

「……やっぱり、あれを見たのか。秘書から宝がいきなり出
た時には、まさかと思ったけど」

美鶴は嘆息し、ベッドの縁に腰を下ろした。たいしたことで
んばかりの態度が癪に障り、宝は拳をぶるぶると震わせる。

「…おにいちゃんは…、俺より、柾鷹の方が可愛いんだ…」

「……宝」

「柾鷹の方が才能があって、柾鷹の方が可愛いから！　だからおにいちゃんは…っ…！」

激情のまま叫ぼうとして、宝は言葉を失った。まっすぐにこちらを見詰める美鶴の頬を、一筋の涙が伝い落ちたから。

――兄を泣かせてしまった。すさまじい罪悪感が、烈火の如く燃え盛っていた怒りに冷や水を浴びせる。

「……宝はどうして、そんな悲しいことを言うの」

「…お、…おにい、ちゃん…」

「確かに柾鷹も僕の弟だけど、僕にとって一番大切で可愛いのは宝だよ。この手で育てた子どもより愛おしい存在なんて、居るわけがない」

「そ…、そんな…」

……じゃあどうして、柾鷹に写真を撮らせてやったりしたの？

口にすればまた泣かせてしまいそうで呑み込んだ疑問は、聡明《そうめい》な兄には伝わったようだ。美鶴はふっと微笑み、右手を差し伸べる。

「……おいで、宝」

「おにいちゃん…」

「おいで。…僕の、可愛い子」

甘い声と甘い笑みが、躊躇いごと理性をこそぎ落としていった。ふらふらと起き上がり、近付いたとたん手首を掴まれ、そのまま強い力で引き寄せられる。

「ねえ、宝。……僕の一番になりたい？」

ベッドに押し倒されるや、蠱惑的な囁きが頭の上から落とされた。

ひく、と宝は喉を震わせる。逃げ場を奪うかのように覆いかぶさってきた美鶴が、溺れてしまいそうなほどなまめかしい色香をむんむんと立ちのぼらせているから。

この人は、本当に宝の大切な美鶴なのだろうか。美鶴は一度だって、こんな獣めいた表情はしなかった。

「…なり、たい」

疑問を抱きつつも、宝は素直に頷いた。美鶴のシャツをきゅっと掴み、眼差しで縋り付く。

「…なりたい。おにいちゃんの一番に、なりたい…っ！」

「……そう。じゃあ……」

口紅も塗らないのに紅く艶めいた唇が笑みの形に歪み、宝のそれに重ねられた。その柔らかさに驚き、うっすらと開いた隙間から、濡れた舌が侵入してくる。

「ん、…ぅ…っ、…ふっ……」

思わず逃げを打った舌は即座に捕らわれ、搦《から》めとられた。やんちゃを咎めるように吸われただけで、宝の腰は甘く砕け、股間がじわりと熱を持ち始める。

……何これ。…何、これ…っ…。

ディープキスの経験なんて数え切れないほどあるけれど、舌を絡められるだけで反応してしまうのは初めてだった。疼く腰を、美鶴の股間にうずうずと押し当ててしまうのを止められない。

——もっと吸って。もっともっと甘い唾液を味わわせて。

もどかしさに背をわななかせると、口内を思うさま蹂躙《じゅうりん》していた舌がずるりと出て行ってしまう。

物足りなさに震えるおとがいを、美鶴はつうっと撫で上げた。

「宝。……僕が一番可愛いのは、宝だよ」

「に…、…ちゃ…」

「だって宝は、僕の全てだから。…生まれたばかりの宝を見た時、確信したんだ。この子は僕のもの…僕の子だって」

「あ、……ぁっ……？」

ぐりぐりと擦り付けられた股間の熱さに、宝の頭は真っ白になった。

…どうして、美鶴が性器を興奮させているのだ？　慈悲深く清らかな、宝の『聖母《ヴィエルジュ》』が…。

「——ずっと、宝が欲しかった」

「…え、…っ…」

「抱き締めて頬擦りをして、撫でてやるだけじゃ足りない。このしなやかな身体を隅々まで舐《な》め回して、愛撫《あいぶ》して、僕のものを銜《くわ》え込ませて……孕《はら》むくらいたっぷりと、お腹《なか》に僕の精液を注いでやりたい。宝が生まれた時から、そう願っていたよ」

気持ち悪い？　と問われ、宝はぶんぶんと首を振った。

「気持ち悪いわけ…、ない。だって俺もおにいちゃんに抱かれて、…あ、…あそこを…」

「……あそこ？」

「お、…っ、おちんちんを、…一人で、っ…」

　羞恥に邪魔され、それ以上言えなくなってしまった宝の髪を掬い取り、美鶴は愛おしそうに口付けた。密着した股間を、ぐりぐりといっそう強く押し当てながら。

「僕に抱っこされて感じちゃって、一人で慰めてたんだ？」

「う、…ん。……ごめんなさい。…わ、悪い子で、ごめんなさい」

　墓場まで持って行きたかった秘密を、とうとう兄に知られてしまった。罪悪感に苛《さいな》まれ、ぶるぶる震える背中を、白い手がいたわるように撫でてくれる。

「どうして謝るの？　…僕は、すごく嬉しいのに」

「…うれ、しい…？」

「そうだよ。…だって、宝も僕と同じ気持ちでいてくれるってことでしょう？」

　微笑みと共に与えられた二度目の口付けは、触れるだけの軽いものだった。

けれど美鶴の濡れた双眸に宿る欲望の炎が…シャツ越しにもわかる火照った肌が、宝に教えてくれる。美鶴もまた、宝と同じ熱を共有しているのだと。

「……愛している、宝」

「っ……、おにいちゃん……」

「確かに、柾鷹も僕の弟だ。…でも、こうして可愛がってあげたいのは、宝だけだよ。宝しか欲しくない」

「お、…俺も…っ…！」

溢れ出る熱に突き動かされ、宝は美鶴の首に縋り付いた。

「俺も…っ、おにいちゃんがずっと欲しかった。おにいちゃんに、…ベッドの中でも可愛がって欲しかった。でも、…俺は弟だから…おにいちゃんを汚しちゃいけないって、そう思って…」

「…僕に嫌われたくなくて、女の子と遊んでいたの？」

「うん。……ごめんなさい」

いい匂いのする項に鼻先を埋め、すんすん匂いを嗅いでいると、美鶴の纏う空気がふわりと解けた。

「いいんだよ。許してあげる。……これから先、僕以外の人間には絶対に抱かれないって誓ってくれれば」

「…ち、誓う…！　俺、おにいちゃんにしか抱かれない…！」

「――僕だけの可愛い宝でいてくれるって、約束する？」

「する。…する…っ…！」

美鶴に縋ったまま、宝はがくがくと首を上下させた。美鶴に可愛がられる唯一の弟でいられるのなら…柾鷹を美鶴の中から追い出せるのなら、どんなことだって約束出来る。

「いい子だね、宝。…宝ならきっとそう言ってくれると、信じていたよ…」

「あ、…おにぃ、ちゃん…」

首筋をつっと指先でなぞられる。何を要求されているのか即座に悟り、宝は美鶴に縋る腕を解いた。

シャツのボタンを外そうとした手を、やんわりと止められる。

「宝は何もしなくていいよ」

「…でも…」

「やっと宝を僕のものに出来るんだ。…思う存分、可愛がらせて」

色香のしたたる睦言《むつごと》を耳に直接吹き込まれれば、抗《あらが》うなど不可能だった。全身の力を抜き、ベッドに四肢を投げ出す。

「…可愛い…、僕の宝…」

器用に宝の衣服を剝ぎ取っていく美鶴の手は、微かに震えていた。五大コレクションのランウェイでも怖《お》じること無く華麗なウォーキングを披露していた美鶴が、宝の身体に欲情しているという何よりの証だ。

「おにいちゃん……」

何もしなくていいと言われたが、何もするなと命じられたわけではない。そう己に言い聞かせながら、宝も美鶴のシャツに手を伸ばした。

「…我慢出来なくなっちゃったの？」

「うん。…俺も、おにいちゃんに触りたい。……駄目？」

小首を傾げると、額にちゅっと甘い口付けを落とされた。

「勿論、宝の好きなようにしていいんだよ。…宝が、僕の可愛い子でいてくれるならね」

「……？」

「僕の可愛い宝は、自分のこと『俺』なんて言わないよね？」

甘く詰られ、宝はぽっと頬を赤く染めた。二十歳にもなって恥ずかしいけれど、美鶴が望むのなら仕方が無い。

「…た…、宝も、おにいちゃんに触りたい。すりすりして、舐め舐めしたいの。…だ、駄目…？」

「……ああ、宝…っ…」

はだけたシャツから覗く胸の突起に、熱い吐息が吹きかけられた。ぶるりと震える小さな肉粒に、濡れた舌が這《は》わされる。

「いいんだよ。…僕の可愛い宝になら、どんなことだってさせてあげる」

「…あっ…、ぁん…っ、おにいちゃ…っ…」

「いい子の宝。…僕の、僕だけの宝…」

半勃ちになっていた性器を、やんわりと握り締められる。

やけに下肢がすうすうすると思ったら、穿《は》いていたジーンズはすでに脱がされ、下着も膝までずり下ろされていた。くちゅりと粘ついた水音が漏れ、宝は腰をくねらせる。

「…宝？　どうしたの？」

「だ、…だって、恥ずかしいよぅ…」

兄の目に、勃起した性器を晒してしまうことが——ではない。先端から溢れ出た先走りによって、粗相をしたみたいに濡れた下着を見られてしまったことがだ。

「お漏らししちゃったのが、そんなに恥ずかしいの？」

こくこく頷くと、美鶴はゆっくりと唇を吊り上げる。

「気にしなくたっていいのに。赤ちゃんの宝のおむつを替えてあげてたのは、僕なんだよ？」

「…で、でも…、俺……宝は、もう大人なのに…」

「――大人？　違うでしょう？」

美鶴は手の中に収めた性器を扱き上げた。ぴゅっと溢れ出た先走りに濡れた指を、おもむろに舐め上げる。紅い舌をちらつかせ、宝に見せ付けるかのように。

「僕の前では、宝はずっと赤ちゃんだよ」

「…あか…、ちゃ…？」

「そう。…だって宝は僕が育てた、僕だけの子どもだもの。大人になんてならなくていいんだ。欲しいものは素直に欲しがって、おにいちゃんの一番じゃなきゃ嫌だって泣きわめく赤ちゃんでいい。…そうでしょう？」

矛盾だらけだと、正気ならば思っただろう。だって美鶴は大人の証とも言える勃起した性器を弄《いじ》り、迸った先走りをさも美味《うま》そうに舐め取っているのだから。

けれど――。

「…うん。……宝は、赤ちゃんになる」

流し込まれる美鶴という極上の蠱毒《こどく》に、抗うすべなど無かった。兄だけのものになりたい。兄を自分だけのものにしたい。今の宝が考えられるのは、それだけだ。

「ねえ…、おにいちゃん。宝も、おにいちゃんの裸を見たい」

さっそく赤ん坊らしくおねだりをすれば、唇をつんと突《つつ》かれた。

「見るだけでいいの？」

「…いっぱい触って、舐めたい。それから…おにいちゃんのミルクも、飲みたい」

布越しにごりごり擦られるだけでそこの形や熱さ、質感までも妄想してしまい、むしゃぶりつきたくなるなんて、自分はおかしいのではないかと危機感を抱いていた。でも赤ん坊なら、ミルクを飲ませてもらうのはむしろ当然のことだ。

「ふふ…っ…、勿論だよ。宝」

美鶴は一旦ベッドから下り、着ていた衣服を脱いで生まれたままの姿になると、ベッドに仰向けで横たわった。

老いを寄せ付けない裸身は彫刻のように完璧な均整を保ち、薄闇の中で光り輝くばかりだ。色香の匂い立つその裸身を一度でも目にすれば、男であろうと女であろうと、誰もが欲情せずにはいられないだろう。その股間に、優美な顔からは想像もつかない代物がそびえていたとしても。

「…あぁ…、おにいちゃん……」

精通を迎えて以来、一緒に風呂に入らなくなっていたから、兄のそこを目の当たりにするのは久しぶりだが、こんなにも雄々しく、そして禍々《まがまが》しいものだっただろうか。

反り返った刀身は血管を浮かび上がらせながら怒張し、熟れた切っ先から垂れ流された先走りに濡れて光っている。精力の強さを象徴するかのような大ぶりな双つの嚢《ふくろ》も、宝とは大違いだ。

同じ男として劣等感や恐怖さえも覚えてしまいそうなそれに、宝はふらふらと引き寄せられた。恐ろしくはない。宝を養ってくれるミルクは、そこから溢れ出るのだから。

……宝のために、おにいちゃんはミルクを出そうとしてくれている……。

そう思うだけで、宝の股間も一気に熱くなった。中途半端に纏わりついていたシャツと下着を脱ぎ去り、無防備に晒された兄の股間にしゃぶりつこうとした時、やんわりと髪を引っ張られる。

「…おにいちゃん？」

「宝。僕も宝のミルクが飲みたいな」

美鶴の願いなら叶えてあげたいけれど、宝もお腹がぺこぺこなのだ。今すぐ美鶴のミルクで腹を満たしたい。

どうすればいいのか、迷ったのは束《つか》の間《ま》だった。即座に名案を思い付き、宝は兄の顔面に自分の股間を晒す体勢で美鶴に跨《またが》る。

「……ふふ。宝は賢い子だね」

美鶴が尻たぶを撫でながら誉めてくれたので、宝は嬉しくなった。しゃぶってもらいやすいよう腰を落とし、目の前にそびえる刀身にそっと両手を這わせる。

「……んっ、……」

押し殺した…けれど紛れも無い快感の滲む呻きに、宝はぞくりと背を震わせた。どくんと脈打った肉茎がぬるついた熱い粘膜に包まれた瞬間、目の前で火花が散る。

「あぁぁ…っ…！」

脳天を突き抜ける快感は、女性との行為ではついぞ味わったことの無いものだった。今にもくずおれてしまいそうな脚に必死に力を入れ、宝は兄の切っ先にかぶりつく。

「…ん…、んっ、んぅ……」

弾力のある肉を口内に招き入れるや、自然に喉が鳴った。同じ男のものが蕩けるほど甘く美味だなんて、初めて知った。

……違う。おにいちゃんのだから、美味しいんだ。

想像するのも嫌だが、これがもし美鶴以外の男なら、宝は盛大に嘔吐《おうと》していただろう。びゅくびゅくと絶え間無く先走りを迸らせる切っ先も、脈打つ刀身も、美鶴の一部だと思うだけで愛おしい。きっと美鶴も同じ気持ちを分かち合ってくれているはずだと、宝は無条件に信じた。すっぽりと根元まで迎え入れた宝の肉茎を、熱い粘膜で包み込み、可愛がってくれるから。

「……ん…っ、ふ…っ！」

つぷりと尻のあわいに指を差し入れられ、宝はびくんびくんと背をしならせた。反射的に前のめりになり、逃れようとする下肢は、太股ごと美鶴の手に抱え込まれてしまう。

「…あ…っ、お、にいちゃ…ぁ…っ…！」

宝はたまらず声を上げるが、先走りと唾液をたっぷり纏わせた美鶴の指はぬめりを帯び、容易く根元まで侵入を果たした。初めて味わう強烈な違和感は、だが、ちゅうっと肉茎を吸い上げられた瞬間、めくるめくほどの悦楽に取って代わられる。

「…あああ…っ、んっ、あぁ…っ！」

喉奥から溢れ出た嬌声に、ごくり、と嚥下《えんげ》する音が微かに混じらなければ、理解出来なかっただろう。尻に美鶴の指を銜え込まされたまま、絶頂に上り詰めてしまったということを。

「や…っ、あ、あ…、っ…、ぅ…」

「……ごちそうさま。宝のミルク、とっても美味しかったよ」

最後の一滴まで絞り取った肉茎の先端のくぼみを、美鶴は指先で抉《えぐ》った。揺れる尻たぶに口付けが落とされるたび、ちりっと痛みが走る。

…美鶴のものであるという証を、刻み込まれている。その事実が、もはや無いに等しい宝の理性を燃やしていく。

——宝は美鶴の子で、赤ん坊なのだから、どんなに駄々をこねたって許される。

「おにいちゃん…っ、おにいちゃん…」

「…なあに？　僕の可愛い宝」

「宝にも…、宝にも、ミルクぅ…っ…！」

下肢をいいように弄《もてあそ》ばれていたせいで、宝は美鶴のミルクを飲ませてもらえなかった。美鶴ばっかりずるい。ずるい、ずるい。

しっかり兄の刀身を握り締めたまま、わがままを爆発させれば、抱え込まれていた太股の内側を強く吸い上げられる。

「ひゃあん…っ…！」

たまらず刀身を離したとたん、くるりと視界が回転した。美鶴に腰を抱え上げられたのだと気付いたのは、シーツの上に移動させられた後だ。

「…おいで、宝」

ベッドヘッドにもたれた美鶴が、軽く脚を開き、宝を手招く。

「宝の好きなだけ、飲ませてあげるから…」

「う…っ、あ、…おにいちゃん、…おにいちゃんおにいちゃんおにいちゃん…！」

がばりと美鶴の脚の間に割り込み、反り返る刀身にかぶりついた。今度は、邪魔は入らない。飢えた獣のように切っ先にしゃぶりつき、夢中で食《は》む宝の頭を、美鶴はいい子いい子と撫でてくれる。

……おにいちゃん…、好き…、大好き、おにいちゃん…っ…。

美鶴のそこは宝と比べ物にならないくらい大きく立派だから、とても宝の小さな口内には収まりきらない。

けれど少しでも兄を味わいたくて、悦《よろこ》ばせたくて…いっぱいミルクを出して欲しくて、宝は一心不乱に刀身を舐め上げ、手で扱き、切っ先を頬張っては先端のくぼみに舌を這わせる。知らぬうちに高く上げてしまった尻を、ぷりぷりと振りながら。

「……ん…、んっ……！」

どくん、とひときわ強く脈打った切っ先から、待ちわびた白い迸りが溢れ出る。

零してしまいそうになりながらも、すさまじい勢いで口内に発射されたそれを、宝は残らず受け止めた。口いっぱいに広がる兄の味をうっとり堪能していると、湿った髪をくしゃりとかき混ぜられる。

「…宝。あーんして」

言われるがまま、大きく口を開けてみせる。精液にまみれた舌を存分に眺め、美鶴は宝の喉をくすぐった。

猫にするみたいな仕草に促され、宝は舌を使って口内の精液を集め、美鶴の前でごくりと嚥下した。ひたと据えられた熱い眼差しと指先が、官能を煽るこの上無いスパイスだ。

「…おにいちゃんのミルク、すごく美味しかった…」

これだけじゃ足りない。もっと欲しい。願いをこめて刀身に頬をすり寄せると、おとがいをくいっと掬い上げられる。

「次は、下のお口から飲ませてあげる」

「…下の、お口…」

どこを意味するのか、わからないほど初心《うぶ》ではない。蕾《つぼみ》がひとりでにきゅんと疼き、宝は腰をもじもじと揺らす。

「宝は僕の赤ちゃんだから、どっちのお口からもたっぷりとミルクを飲まないといけないんだよ」

――宝はいい子だから、わかるよね？

問いかける唇が、宝の鼻先にちょんと触れ、すぐさま離れていった。唇に口付けて欲しいと宝が願っていることくらい、わかっているくせに。

「……うん。わかる」

少し拗《す》ねながらも頷くと、ご褒美とばかりに唇を重ねられた。宝はぱっと機嫌を直し、柔らかな感触を堪能する。

「…あっ、ぁんっ…」

半ば身を乗り出すと、無防備な乳首をきゅっと抓《つま》まれた。小さな肉粒を抉り出すように挟み上げられ、先端を突かれる。

「や…っ、あ、あん、おにいちゃ…っ、あ、あん…！」

せっかく兄の唇を思う存分味わえると思ったのに、両の乳首を同時に弄られ、喘《あえ》がされてしまうのでは、口付けもままならない。乳首だけでは足りないと言いたげに薄い肉を集め、揉みしだく兄の手だけで上半身を支えられながら、宝は上目遣いに美鶴を睨む。

「…もう…っ、おにいちゃん、どうして宝の邪魔をするの？　宝、おにいちゃんとキスしたいのに」

「ごめんね。でも、宝がいけないんだよ。宝があんまり素直で愛おしいから、他の人に奪われてしまうんじゃないかと心配になって…僕の痕を、刻まずにはいられなくなるんだ」

「…おにいちゃん…」

その感情には、宝も嫌というほど覚えがある。ほんのついさっきまで、柾鷹に美鶴を盗《と》られやしないかと不安に苛まれていたのだ。

それに、美鶴を汚さないためとはいえ、宝は今まで何人もの女性と関係を持ってきた。美鶴は何も言わなかったが、きっと心の中は穏やかではなかっただろう。

美鶴が今、苦しんでいるのは宝のせいだ。しゅんと項垂れ、宝は美鶴の腕に頬をすり寄せる。母に許しを請う子どものように。

「ごめんなさい、おにいちゃん。…宝、おにいちゃんが安心出来るなら、何でもする」

「…宝は本当にいい子だね。じゃあ…」

耳元で吹き込まれた願い事に赤面しつつも、宝は素直に従った。美鶴に尻を向ける格好で四つん這いになり、両脚を大きく開くと、尻のあわいに息づく蕾を指で広げてみせる。

「……宝……」

「あ、……んっ！」

ふっと熱い吐息を吹きかけられただけで、身体が勝手にわなないた。けれど、蕾を広げるのはやめない。誰も迎え入れたことの無いそこをとっくり愛《め》でるのが、美鶴の願いなのだから。

「…や…ぁん…っ、あ、…あ…」

ぴちゃりと濡れた舌が這わされ、蕾と宝の指を交互に舐め回すたび、股間にぶら下がるものが透明な雫をまき散らしながら震える。さっき達したばかりなのに、もう回復してきたのかと驚いたけれど、いつもの感覚とは何か違う。一気に高まるのではなく、内側からじわりじわりと熱が集まってくる。

「あんっ、…あ、やぁっ…、あっ…」

しとどに解《ほぐ》された蕾の奥に、美鶴の舌がにゅるりと入り込んだ。内側から濡らされる初めての感触に思わず放してしまいそうになった手を、がっちり摑まれる。逃げるのは許さない、と言われた気がした。

「あ…っ、ああっ…、あんっ、お、にいちゃんっ…」

くちゅくちゅと腹の中をぬめる舌にかき混ぜられ、未知の快感でぶれる視界に、伏し目がちに微笑む聖母が映り込んだ。ベッドに押し倒された時、抱えていた絵を取り落としてしまっていたのだろう。

聖母が——美鶴が見ている。兄に蕾を外から内から舐めまくられ、喘ぎながら悶えている宝の顔を……。

「…は…、ぁんっ…、…ああ、おにいちゃん…、おにいちゃあん…」

ぞぞぞと寒気にも似た感覚が突き抜けた次の瞬間、内側から肌が燃え上がり、性器がぼたぼたと先走りを垂らした。

もっと…もっとお腹の中をかき混ぜて欲しい。乱れた恥ずかしい姿を見せたい。

自ら尻を振り、性器を漲《みなぎ》らせる宝の変化に美鶴も不審を覚えたのだろう。一旦身体を離し、弟の視線の先にあるものに気付くと、ふっと笑みを漏らした。手を伸ばし、傍にあったクッションに聖母の絵を立てかける。

「…ああ…、…おにいちゃん…」

正面から聖母の眼差しに晒され、ふにゃふにゃと蕩けた蕾に、今度は指が突き入れられた。くずおれそうになる身体を、宝は解放された手でとっさに支える。

「おにいちゃん…、…好きっ…、あ、…んっ、だ、大好きっ…」

「僕もだよ、宝。…宝が一番可愛い。愛しているよ、僕の宝」

いつの間にか二本に増やされた指が、腹の内側にある小さな膨らみをぐりりと抉った。抑えきれなくなった熱が股間に流れ込み、堰を切って溢れ出る。

「…ああぁ…っ、あん、あ、あ……！」

ぷしゃあああ、と肉茎がまき散らした液体はさっきよりも大量で、目がくらみそうな快感はぐずぐずと留まったまま、いつまでも宝の肌をあぶり続ける。

いつもなら一瞬で終わるはずの射精の快楽がやたらと長引いているのは、愛しい兄によってもたらされたからだろうか。ぼんやり考えていると、覆いかぶさってきた美鶴が宝の手に指を絡め、項を吸い上げる。

「…っ、おにいちゃん…？」

「宝は本当にいい子だね。最初から潮を噴ける子なんて、なかなか居ないよ」

　さっき吐き出したのは精液ではなかったらしい。試しに性器に触れてみると、指先が先走りとはまた違うさらりとした液体で濡れた。これが潮なのだろうか。

　正直、ごく短い間に自分の身体が作り替えられているようで少し怖いけれど、美鶴が嬉しそうだから構わない。美鶴好みの身体に近付けば近付くほど、柾鷹よりも愛してもらえるのだろうか。

「……おにいちゃん。宝、下のお口からもおにいちゃんのミルク飲みたい……」

　尻のあわいに押し当てられた美鶴のものは火傷《やけど》しそうに熱く、硬く勃ち上がっている。宝にたくさんミルクを飲ませてくれるためだと思うと嬉しくて、柾鷹はこんなふうにミルクを飲ませてもらえないのだと思うと優越感が湧いてきて、宝は自ら尻を美鶴に押し付ける。

「いいよ、宝。…すぐに、お腹いっぱいにしてあげるからね…」

　充溢《じゅういつ》した切っ先が、兄を求めてうごめく蕾にあてがわれる。

　……ああ、これでやっとおにいちゃんの一番になれるんだ……。

「——おい、美鶴！　これ、どういうことなんだよ…っ…！」

　すぐさま訪れるはずの至福の瞬間は、すさまじい勢いで開かれた扉にさえぎられた。怒鳴り込んできた男は、ベッドの上の二人を目撃するや、さあっと青ざめる。

「…に…、兄さん…」

「……柾鷹？」

快楽に頭が蕩けきってしまったせいで、目までおかしくなったのかと思った。柾鷹がこんなところに居るわけがない。

けれど、髪を振り乱し、拳をぶるぶると震わせているのは、何度見ても柾鷹だ。でもどうして、横っ面をしたたかに殴られたような顔をしているのだろう。いつもは美鶴兄さんと慕わしげに呼んでいるはずなのに、どうして美鶴なんて荒々しく呼び捨てにするのだろう。

答えはすぐに閃《ひらめ》いた。

「…く、ふふふっ、ふふっ…」

「……兄さん？　何で笑って…」

「残念だったな、柾鷹。おにいちゃんは、お前なんかより俺の方が可愛いんだって。俺が世界で一番大切なんだって」

「な…っ…」

愕然とする柾鷹に、宝は己の正しさを確信する。やっぱりそうだ。柾鷹は宝が美鶴の一番になるのが悔しくて、許せなくて、駆け付けたのだ。

……もう、遅いのに。

「さっき上のお口でミルクを飲ませてもらったから、今度は下のお口で飲ませてもらうんだ。おにいちゃんのミルクをもらえるのは、俺だけ。お前は絶対、無理なんだから」

「…こら、宝」

勝ち誇る宝の尻を、美鶴がぺちんと軽く叩いた。

「『俺』じゃないでしょう？　僕と一緒の時は、何て言うんだった？」

「…あ…っ、ごめんなさい、おにいちゃん。宝、嬉しかったから、つい…」

「いいんだよ。宝は賢い子だから、これからは気を付けられるよね」

「……うん！　おにいちゃん！」

誉められたのが嬉しくて、宝は剝き出しの尻を美鶴に擦り付けた。美鶴のそこは変わらず…否、さっきよりもいっそう熱く滾っており、一秒でも早く蕩けた尻を貫いて欲しくてうずうずしてしまう。柾鷹なんて邪魔者なんだから、さっさと諦めて出て行けばいいのに。恨みをこめて睨んでやると、柾鷹ははっと我に返って喚き立てる。

「…何やってるんだよ、あんたたち!?　実の兄弟なんだろ…！」

二人ともおかしいよ、と柾鷹は非難するけれど、おかしいのは柾鷹の方だ。同じ血を分かち合った兄弟だから…美鶴の子どもだからこそ、宝はこうして可愛がってもらえるのではないか。

「騙《だま》されちゃ駄目だ、兄さん。俺が今ここに来たのは、美鶴に呼び出されたからなんだぞ」

――これから宝を可愛がるから、すぐマンションに来て。

ぱっと突き付けられたスマホの画面には、確かに美鶴からのメッセージが表示されている。一体、何のために？　宝の疑問を読み取った美鶴が、ちゅっと腰を吸い上げる。

「柾鷹にも教えておかないといけないと思ってね。宝は僕の一番可愛い子になったんだって」

「おにいちゃん……」

きっと宝が柾鷹に対抗心を燃やしていたから、わざわざ呼び出してくれたのだ。感動に打ち震える宝に、柾鷹は地団太を踏みながら激しく首を振る。

「だから、騙されるなよ！　…そいつは…美鶴は『聖母《ヴィエルジュ》』なんかじゃない。悪魔なんだ」

「…はぁ…っ…？」

「美鶴がずっとあんたから離れないから言えなかったけど、俺…、撮った奴の本性がレンズ越しに見えるんだ」

――信じてもらえないかもしれないけど、…俺は…。

初めて柾鷹がマンションに押し掛けてきた時、深刻そうな顔で何か告白しようとしていたのを思い出した。きっと、このことを打ち明けるつもりだったに違いない。

だが……言うに事欠いて、被写体の本性が見えるだと？

「…嘘じゃない！」

怪しまれているのを感じ取ったのか、柾鷹は必死にまくしたてる。幼い頃、父親から贈られたカメラで初めて人間を撮った時のことを。

被写体になったのはたまたま遊びに来ていた父の同僚の記者だったが、柾鷹はその翌日から高熱を出して寝込んだそうだ。誠実で誰からも慕われているというその記者が、レンズ越しに醜い獣に見えてしまったから。

同僚の記者は、柾鷹が寝込んでいる間に女に刺され、不慮の死を遂《と》げた。既婚者でありながら外に何人もの愛人を作り、それが露見した末、愛人の一人によって刺し殺されてしまったのだ。誠実なふりをして、とんだ獣だったのである。

それからも同じようなことが続き、柾鷹はほとほと嫌気が差してしまった。綺麗な見た目と、レンズが捉える本性の落差に。

だからいつしか人ではなく、もの言わぬ風景ばかりを撮るようになった。けれど宝だけは、どうしても撮らずにはいられなかったのだという。

「…あんたを最初に撮った時、あんたの背中に白い翼が見えた。そんなのは初めてで…追いかけずにはいられなかった」

「……」

「あんたがずっと憧れてた兄さんだってわかってからは、俺のものにしたくてたまらなくなった。だから嫌な顔をされても何度も押し掛けたのに、あんたは美鶴にべったりで…話をする隙すら無くて…」

荒唐無稽だと笑い飛ばす心の奥で、理性が僅かな疑念を投げかける。宝には柾鷹が美鶴目当てでやって来ていたようにしか思えなかったけれど、美鶴ではなく、常に美鶴と共に居る宝こそが目的だったとしたら……？

「母さんの棺に縋って泣く美鶴を見た時から、嫌な感じがしてたんだ。本性を暴いてやろうと思って写真を撮りたいと申し出たら、そいつはあっさり受け容れた」

社長室にあった写真は、その時のものだったというわけだ。確かに、辻褄《つじつま》は合っているが…。

「レンズ越しに美鶴を見た瞬間…俺はぶっ倒れそうになった。だってそいつは、俺が今まで見てきた奴らより何倍も醜く禍々しい、悪魔としか言いようの無い姿をしていたんだから。絶対、兄さんから引き離さなきゃならないって思った」

だから柾鷹は、さっきから何度もメッセージを寄越していたのか。宝に警告をするために。

だが宝は全てのメッセージを無視し、部屋に引きこもっていた。そこへ美鶴からのメッセージが入り、柾鷹は泡を食って駆け付けたのだろう。

全ての事実が繋がったが…レンズ越しに人の本性が見える？　そんなことが、本当にありうるのか？

にわかには信じられない。けれど、いくら柾鷹がまだ幼くても、こんなでたらめをぶちまけるよりは、もっと上手い嘘の吐き方があるはずだ。

宝に疑われるのを承知で告白したのは…それが紛れも無い事実だからなのか？

「……宝」

今にも芽吹きそうだった疑惑を、悲しげな声が摘み取った。硬直する宝に、美鶴がふわりと覆いかぶさってくる。

「柾鷹を信じるの？　宝」

「…おにい、ちゃ…」

「僕はただ、宝は僕の一番可愛い子だって、知らせたかっただけなのに…」

「あ…っ、おにいちゃん、泣かないで、おにいちゃん…！」

背中から組み伏せられた状態では顔は見えないが、きっと兄はさめざめと泣いているはずだ。胸が潰れそうになり、宝は美鶴の腕に頬をすりすりとすり寄せる。

「宝、柾鷹の言うことなんて信じない」

「…兄さん…っ…!?」

どうして、と叫ぶ柾鷹なんて無視だ。美鶴を悲しませる者は、誰であっても絶対に許さない。

「宝が信じるのは、おにいちゃんだけ。だから、泣かないで…」

「……宝。可愛い宝……」

感極まった囁きに、もはや涙の気配は無かった。促されるがまま仰向けになると、割り開いた脚の間に美鶴が入り込んでくる。

「…おにいちゃん…?」

「柾鷹に見せてあげよう。宝が僕の一番になるところを。…そうすれば、もう二度と馬鹿な真似はしなくなるはずだから」

「……美鶴、…あんたは…っ…」

いきり立った柾鷹が、ベッドの傍まで駆け寄ってくる。だが美鶴の流し目を受けたとたん、その足は縫い付けられたように止まった。

「柾鷹。…君も、見たいんでしょう?」

「な、…にを…」

「そこで好きなだけ見ていればいいよ。…君の、その目でね」

兄がいつもより少し低い声で何か言っているが、宝はろくろく聞き取れなかった。丁寧に解してもらった蕾を、美鶴の指でぐちょぐちょとかき混ぜられているせいで。

三本の指を容易く呑み込んだ媚《び》肉《にく》が、これだけじゃ足りないと切なく疼く。早く…少しでも早く、美鶴の一番になりたい。

「あ…っ、…おにいちゃんっ、早くぅっ…」

引き締まった腰を両脚で挟み込んでねだれば、美鶴はくすりと笑った。乱れてわだかまっていた白い毛布を手繰り寄せ、頭の上からすっぽりとかぶる。垂れ下がった毛布で、宝の下肢も柾鷹の視界からは隠されてしまっただろう。

「…宝の一番可愛いところを見るのは、僕だけでいいからね」

「…おにい、ちゃん…」

——慈愛に満ちた笑み。美貌を縁取る白いベール。

かつて会場いっぱいの観客たちを魅了した『聖母《ヴィエルジュ》』が、今また宝の心を虜《とりこ》にする。

「…あ…っ、あ、あ……」

子どもの拳ほどありそうな切っ先が、蕾をゆっくりと割り開いていく。その大きさに、じゅうぶん解されていたはずの蕾はぎちりと軋《きし》んだが、痛みはすぐさま快楽へとすり替わった。

「おに…い、ちゃ…、あっ、あぁ、あ…」

「宝…、…ああ、僕の、宝…」

股間で震えるものを愛おしそうにまさぐり、美鶴は優しく、だが容赦無く腰を進めていく。身に余るほど太く長大なものを銜え込まされ、媚肉を拓《ひら》かれるたび、宝の血は歓喜に滾った。

……美鶴に愛してもらうための身体に、作り替えられていく。美鶴の一番になれる。

「ああ……っ、あ、あ――っ……！」

根元まで収められた刀身の切っ先が、ずんっと最奥を突いた。力強く脈打つ兄自身を、宝は己の腹ごと震える腕で抱き締める。

「うれ…、しい…、おにいちゃん…」

「…宝…」

「…これで…、おにいちゃんの、一番に…」

熱い雫が頬を伝い落ちた時、カシャッ、と無機質なシャッター音が響いた。

見れば、柾鷹が愛用のカメラを間近で構えている。ジーンズの股間を、そうとわかるほど膨らませて。

「あ…っ、ああっ、あっ…」

子どものようにべそをかきながらも、シャッターを切る手は止まらない。ファインダーから覗く血走った瞳は、美鶴と宝のどんな一瞬も逃すまいという執念に燃えている。

カシャッ、カシャッ、カシャッ。

連続するシャッター音は、宝にとっては祝砲に等しかった。きっと柾鷹は今、美鶴の一番になれた宝に嫉妬の炎を燃やしているに違いない。けれどもう宝から美鶴を奪い返せないのも承知しているから、せめて兄たちの姿を映像に留めようとしているのだ。

「…天使が…、…俺の、兄さんが…っ…」

わけのわからないうわ言を口走る柾鷹に、宝はとびきりの笑みを向けてやる。またシャッターが切られ、フラッシュが宝を眩しく照らし出した。

「っ…、宝…」

「あ…、…おにいちゃ、…んっ…」

ごくりと息を呑んだ美鶴が、宝の両脚を担ぎ上げた。つられて腰も浮かび上がり、収まっていた刀身がより深くまで入り込む。

「あぁっ…っ、あ、ん……!」

さっきと同じ膨らみをごりりと抉られ、肉茎の先端から何かがぴゅっと零れた。

また潮を噴かされてしまうのだろうか。期待に脈打つ肉茎の根元を、無情にも美鶴が指で縛《いまし》める。

「やっ…、おにいちゃん、なんで…」

「駄目だよ、宝。次は僕と一緒に……ね?」

あの膨らみを執拗《しつよう》に突き上げながら、美鶴は微笑んだ。敏感な内股を何度も吸い上げられた挙句、口付けまでもらっては、逆らうことなど不可能だ。

「…ね…、おにいちゃん…」

柾鷹に聞かせてやるのは癪なので、宝は美鶴の首筋に腕を回した。もっとも柾鷹は相変わらず鬼気迫る勢いでシャッターを切りまくっているので、大声で話しても聞こえないかもしれないが。

「……一緒にいくまで、ずっと、キスしててくれる……?」

引き寄せた耳元で囁けば、束の間、美鶴は身を硬くした。まさか、怒らせてしまったのだろうか。

「…宝…っ、…宝はどこまで、僕をっ…」

「ふ……っ、ん、んぅっ…！」

不安が頭をもたげるのと、荒々しく押し倒されるのは同時だった。驚きに開いた唇に、美鶴のそれがぶつかるように重ねられる。

……あぁ、おにいちゃん、おにいちゃん、大好き…っ…！

舌ばかりか、唇すらも喰《く》い尽くされてしまいそうな口付けに、宝の脳味《み》噌《そ》はぐずぐずと煮溶かされ、兄以外の何も考えられなくなっていく。それでも間近で響き続けるシャッター音と、獣のようにぎらついたファインダー越しの視線を感じ取れるのは、美鶴の一番になったのだと柾鷹に知らしめてやれたからだろうか。

——ねえ、悔しい？

美鶴に口内を激しく蹂躙されていなければ、宝は柾鷹を思い切り嘲弄していただろう。

——悔しいでしょう？　羨《うらや》ましくてたまらないでしょう？　でも残念でした。おにいちゃんの一番は、宝。…お前なんて、おにいちゃんの眼中にも無いんだから。

「…ん…っ、う、…んっ、ふっ、うっ…」

ぐちゅぐちゅと、美鶴の先走りを塗り込められた媚肉が淫らな水音をたてる。夢中で息を吸い込んだ鼻を、微かな血の匂いがくすぐった。ほとんど痛みは無いけれど、もしかしたら切っ先を呑み込まされる時に裂けてしまったのかもしれない。

モデルとして相応に鍛えてある宝の身体ががくがくと頼り無く揺れるほど、雄々しく腰を突き入れてくる美鶴。その頭上から垂れるベールの白。ベッドスプレッドの青。蕾から滲み出る血の赤。すぐ傍で宝をじっと見守る聖母が纏うのと、同じ色彩。

「……喰われる……」

何度目かもわからないシャッターを切りながら、柾鷹が熱に浮かされたように口走った。

「…俺の天使が…、…聖母に、…喰われちまう…っ…！」

カシャカシャカシャカシャ、と間断無く打ち付けるシャッター音は、もはや驟雨《しゅうう》だ。…濡れていく。濡らされていく。隠しようの無い官能を帯びた柾鷹の眼差しに。…そして、美鶴の愛情に。

ああ——なんて。

「…ふ、…んぅっ…、……！」

待ちわびた白い奔流を最奥にぶちまけられ、美鶴の首に縋って歓喜に打ち震える宝を、フラッシュの白い光が照らし出した。シャッターを切り続ける柾鷹の股間には小さな染みが広がりつつあり、宝の背筋をぞくぞくと快感が駆け上がる。まるで、初めて大きなコレクションのランウェイを歩いた時のような。

わななく宝の腹に、ようやく解放された肉茎が白く濁った液体を吐き出した。

「……おにぃ…、ちゃん……」

願い通り、一緒にいくまでキスし続けてくれた兄の腰に、宝は両脚を絡める。刹那、毛布から宝の長い脚が覗き、柾鷹の息遣いがいっそう荒くなった。

「宝…、これだけじゃ、足りない。もっともっとたくさん、…おにいちゃんを、頂戴？」

「…、宝……」

息を呑んだ美鶴のものが、たちまち腹の中で膨れ上がる。ふにゃり、と宝は笑った。また兄に愛してもらえる。兄のミルクで、お腹をいっぱいにしてもらえる。

「…勿論だよ、宝。宝は僕の一番可愛い子だ。僕のミルクを飲まなければ、生きていけないんだからね…」

「…うん…！　大好き、おにいちゃんっ…！」

一旦腰を引いた美鶴が、ぬかるんだ媚肉に再び刀身を突き立てていく。

……お腹に出してもらったら、今度はまた上のお口から飲ませてもらおう。どこもかしこも兄のミルクまみれになった姿を、柾鷹に見せ付けてやりたい。

「…あっ…、あぁっ、あんっ…、いい…っ、おにいちゃん、気持ちいい、よぉ…っ！」

兄の望むまま高らかにさえずり、青いシーツの海で乱れ狂う宝を、柾鷹はいつまでも撮り続けていた。

滂沱《ぼうだ》の涙を流しながら。

「……それで？　どうしてこんな時期に、のこのこ日本までやって来たわけ？」

四つん這いになった雄豚《オスぶた》の背中を、ぐりぐりと踏みにじってやる。ピンヒールが容赦無く食い込み、かなりの痛みを味わっているはずだが、豚は歓喜に全身を震わせた。

「オ…ッ、オオオオッ！　ミツル！　私の女王《クイーン》、私の女神《ミューズ》…！」

「ブヒブヒ煩い、クソ豚」

聞かれたことにだけ答えろ、と尻を蹴り飛ばせば、豚は途切れ途切れに説明を始めた。聞き苦しいことこの上無いそれを人間にもわかるよう要約すれば、来年最初のコレクションの準備が予定よりも早く終わり、美鶴に会いたくてたまらなくなった——ということらしい。クリスマスを来週に控えたこの時期、豚の母国でもあるフランスはバカンスシーズンで、よほどのワーカホリックでもない限り家族や恋人と過ごしているのに。

　確かこの豚にも、三人目か四人目の妻と何人かの子どもたちが居たはずだから、どれかと一緒にバカンスに行けばいいのだ。そうすれば、可愛い宝を家で一人にせずに済んだものを。

「——おい、美鶴。そのくらいにしておいたらどうだ？」

　影のように控えていた佑真が、すっと止めに入った。豚を心配してのことではない。この男は、美鶴の顔を含めた容姿の全てに執着しているのだ。興奮した豚が万が一にも美鶴の顔を損なってはならないという、どこまでも身勝手な配慮である。

　美鶴が宝に対して抱くような愛情や欲望ではなく、容姿そのものがこの上無く好ましいのだという。出逢《であ》ったのはもう二十年近く前になるが、あんたの顔を死ぬまでずっと傍で鑑賞させてくれるなら何でもする、と初対面で申し出られた日のことは未だに忘れられない。

だったら僕の忠実な下僕になれよ、と答えたのはほんの戯れだったが、まさか今日に至るまで守られるとは思わなかった。

この青山の事務所の最上階は、美鶴と個人的な親交のあるＶＩＰ客を迎える特別フロアだということになっているが、実際は美鶴が調教するための部屋だ。今、美鶴のヒールの下ではあはあとみっともなく喘ぐ雄豚のような、聞き分けの無い下僕どもを。そこの管理を任せられるのは、絶対に裏切らない佑真くらいだ。

「ミツル…、ミツルゥゥゥッ……」

半開きになった唇からぼたぼたと涎《よだれ》を垂らし、ヒールの感触に身悶えしているこの豚には、アラン・ガブリエルという名前がある。美鶴を見出した天才デザイナーであり、モードの帝王ともてはやされる時代の寵児だが、美鶴の前ではただの醜い雄豚だ。

美鶴を『聖母《ヴィエルジュ》』と称えながら、かつてこの豚は、『アラン・ガブリエル』の専属を条件に、自分の愛人になれと迫ってきた。…珍しい話ではない。美鶴の周囲にも、デザイナーと寝て仕事をもらう同業者はたくさん居た。けれど、美鶴は宝のものなのだ。宝以外に、この身を自由にさせてやるわけにはいかない。

呼び出されたパリの一流ホテルのスイートで、美鶴はアランに己の身の程というものをじっくり教え込んでやった。佑真が手伝ってくれたのは、言うまでもない。

最初は驚き、憤慨したアランも、数時間後には美鶴の振るう鞭《むち》を恍惚《こうこつ》と受け止め、自らヒールをねだるようになった。天才デザイナーのアラン・ガブリエルは、一晩かけて美鶴の忠実な雄豚に変身を遂げたのだ。

アランは生まれつき、他人に踏みにじられることに強い興奮を覚える性質の人間だったのだろう。本人は自覚していなかっただけで。何故なら昔から、美鶴にはそういう人間がようようと近付いて来たからだ。

おそらく、彼らのような人間にはわかってしまうのだろう。他人の上に君臨し、ひれ伏させずにはいられない美鶴の性《さが》が。アラン以外にも、美鶴に手を出そうとして調教され、忠実な犬に成り下がった人間が、この業界には数え切れないほど存在する。

リオンもその一人だった。『ヴィエルジュ』とはライバル関係にある事務所に所属しており、そちらの動向を探らせるのに都合がいいから飼ってやっていたのだが、分不相応にも宝に嫉妬を燃やし、階段から突き落とすという暴挙に出た。命令を聞けない豚など要らないから、もう二度と顔を見せるなと通告したら、留学という形で母親の母国に逃げ込んでしまった。美鶴の下僕は、美鶴に捨てられればまともに生きていけない者ばかりだ。

…だからこそ、宝に執着せずにはいられなかったのかもしれない。幼いあの子はただ純粋に美鶴の愛情だけを求め、美鶴を聖母にそっくりだと言って無邪気に笑っていた。そんな人間は、宝だけだった。

——どうして、僕以外の女が宝の母親面をするんだろう？

生まれたばかりの宝をあやし、腕に抱いて乳をやる母の葉月が、憎たらしくてたまらなかった。その役割は僕のものなのに。本気でそう思っていた。愛しい宝を、叶うものなら自分の腹から生まれさせてやりたかった。

けれど、いくら美鶴が『女王』でも、それだけは絶対に不可能だった。…だから、ただ産んだというだけで美鶴が果たすべき役割を不当に奪った身の程知らずの女を、家から追い出してやったのだ。

拍子抜けするほど簡単だった。時折訪れる叔父の海斗が母に仄《ほの》かな思いを抱いているのは明らかだったから、美鶴は宝を外へ遊びに連れ出し、二人きりの時間を積極的に作ってやるだけで良かったのだ。

もともと男に対する依存心の高い葉月はあっという間に叔父と男女の仲になり、美鶴の狙い通り駆け落ちしてくれた。幼い子どもを捨て、こともあろうに夫の弟と駆け落ちした母親に、親族は冷たかった。美鶴たちを引き取った父方の祖父母はその後、葉月が子どもたちの養育を何度申し出ても拒んでくれたし、母の両親も娘の愚行を恥じ、一切手を差し伸べなかったと聞いている。

邪魔者が消えた家で、美鶴は思う存分宝を可愛がって育てた。モデルを始めてからは離れざるを得ない時もあったけれど、その分まで惜しみ無く愛情を注いだ結果、宝は美しく聡明な子に育ってくれたのだ。美鶴を助けるため、モデルになると言い出すほどに。

その時から、いずれ機を見てこの掌の内に仕舞い込んでやるつもりでいた。本人は美鶴しか眼中に無いので気が付いていないようだが、他人を無条件で跪かせる美鶴と違い、宝は周囲を魅了し、この子のために何かしてやりたいと思わせる力を持っている。大学の同級生の児玉や小野寺がいい例だ。宝が何も言わなくても行動するのだから、ある意味美鶴よりも性質が悪い。

そんな宝を野放しにしておけば、悪い虫がつくのは必定だ。出来るだけ早いうちに、この腕の中に堕《お》としてしまいたい。

いくつもの策を考案していた美鶴にとって、母の死は僥倖だった。こみ上げる歓喜を堪えきれず、つい母の棺の前で肩を震わせ、くつくつと笑ってしまったほどだ。

とっさに掌で顔を隠したから、可愛い宝は母の死を悲しんでいるのだと心配してくれた。叔父も、まさか甥《おい》が母の躯《むくろ》を前に大笑いしているなど、疑いもしなかっただろう。…ただ一人、柾鷹だけは騙せなかったようだが。

レンズ越しに人の本性が見える。宝は結局信じなかったが、たぶんあれは本物なのだと思う。

『あんたの本性を暴いてやる』

そう息巻いていた柾鷹は、美鶴をレンズに捉えた瞬間、化け物にでも遭遇したかのように顔を歪ませたのだから。

――あの年頃の子どもにしては、頑張《がんば》った方だろう。だがしょせん柾鷹は十代の若造だ。宝が生まれた頃から愛情の泥沼で溺れさせてきた美鶴に、敵《かな》うはずがなかった。

宝は柾鷹よりも、美鶴を選んだ。柾鷹の前で美鶴の一番になれたことを誇り、兄弟のまぐわいを見せ付けた。

自分が選ばれるのは当然だと思っていたけれど、実際に宝がこの手に堕ちてきてくれた時には、歓喜で心臓が止まるかと思った。柾鷹を若造と嘲りつつも、無意識に警戒していたのかもしれない。あの男にも流れる、美鶴と同じ血を。そこに潜む狂気を。

まだ十代だ。これから化ける可能性はじゅうぶんにある。

『……俺は、絶対に諦めないからな』

宝が腹におびただしい量の精液を溜め込まされたまま気を失い、長いまぐわいが終わりを告げた後、柾鷹はそう言い残してマンションを去って行った。…腹は立たなかった。むしろ当然だと思う。快楽に酔いしれ、乱れる宝の艶姿《あですがた》は、色事に長《た》けた美鶴すら魅了したのだから。もともと宝に焦がれていた柾鷹が、諦められるはずがない。

——俺の天使が…、聖母に喰われる……！

あの時、まぐわう二人を強引に引き離すことは可能だったはずだ。だが柾鷹は言葉でこそ制止したものの、最後まで実力行使はしなかった。

魅せられていたのだろう。愛しい天使が、美鶴という聖母の姿をした悪魔に喰らわれる、醜悪な…だがこの上無く美しい光景に。…打ち勝てなかったのだろう。心惹かれた光景を撮らずにはいられない、カメラマンの本能に。

ある意味、宝よりも柾鷹の方が、美鶴と近い血を有しているのかもしれない。だからこそ二人とも、純粋さばかりを集めた宝に惹かれるのだろう。

…今はまだ、柾鷹は自分を支えるのに精いっぱいで、しばらくは美鶴と戦う気力も湧かないはずだ。だが復活したとしても、美鶴を貶《おとし》めるためにあの写真を悪用することは決して無いだろう。あの柾鷹が、美鶴はともかく宝の艶姿を他人の目に晒すなど、許せるわけがないからだ。さもなくば、リスクを承知で濡れ場を撮らせたりしない。

——いつかまた、柾鷹は美鶴の前に立ちふさがる。その時は……。

「…豚が。いつ触れるのを許した？」

ふらふらと向きを変え、這いつくばってヒールを舐めようとしていた雄豚を、美鶴は蹴り飛ばした。聞くに堪えない嬌声を上げる雄豚の腹に、佑真がすかさず差し出した鞭を入れる。聞き慣れた肉を打つ高い音が、波立ちかけた心をなだめてくれる。

……そう。柾鷹がどんな手段に出ようと、こうして踏みにじってやればいいだけだ。今までそうやってライバルたちを蹴散らし、生き残ってきたのと同じように。

宝を美鶴だけの可愛い子で居させるためなら、何だってしてみせる。今日は大学も仕事もオフの宝と一日じゅうベッドで過ごす予定だったにもかかわらず、招かれもしないのにのこのこ来日した豚の調教をしているのも、その一環だ。

この豚――アランの力は、『ヴィエルジュ』を経営し続ける限り必要である。代わりが無いわけではないが、アランほど操りやすい豚もなかなか居ない。

「あ、ああ…、ミツル…、もっと、もっと蹴っておくれ…」

性懲りも無いうわ言を漏らし、失神したアランを、佑真が隣の部屋に引きずっていった。隣室は休憩室を兼ねた遊戯室に改造されている。あと一時間もすればアラン好みの男娼が到着する手はずだから、適当に欲望を発散させて帰ってもらおう。

勿論、美鶴にそこまで見届ける義理は無い。一刻も早く、宝のもとに帰らなければならないのだ。

『あっ…、あぁっ、おにいちゃん、おにいちゃん…っ…』

取り出したスマホには、初めて美鶴を尻に銜え込み、中出しされる快楽に酔う宝の動画が収められている。

それだけではない。まだ中学生の宝が初めての自慰に耽る姿や、美鶴と一緒に眠るうちに勃起させてしまい、泣きながら己を慰める姿までもが無数に記録されていた。全て、宝に贈った聖母の絵に仕込んだ隠しカメラが捉えたものだ。今も、自室のベッドで性器と蕾を弄りながら、狂おしく美鶴を呼ぶ宝の姿がスマホにリアルタイムで中継されている。

『早く…、おにいちゃん、…あっ、帰って、来てぇっ…』

初めてのまぐわい以来、宝は上と下、両方の口から美鶴のミルクを注がれなければ絶頂に達せない身体に躾《しつ》けられてしまった。二人きりになったとたん美鶴のミルクをねだり、自ら脚を開き、お腹にいっぱい出してと尻を振る。…いじらしく愛おしい子どもを、一人になど出来はしない。

「佑真、あとは頼む」

ピンヒールから革靴に履き替え、美鶴は一人で戻って来た佑真の肩を叩いた。

アランに限らず、豚どもの後始末はたいてい佑真に任せているし、佑真もやっと宝を手に入れた美鶴を止めたりはしない。宝は美鶴の心身を支える存在だ。美鶴の容姿をこよなく愛する佑真としては、美鶴が宝を愛でる時間を多く持てば持つほど望ましい。

「ああ、任された。王子によろしくな」

「…その『王子』っていうの、いい加減やめてあげたら？」

宝が本気で嫌がっているのを知っているのでたしなめてみるが、佑真はひょいとおどけたように肩を竦める。

「あいつは王子だろ？　女王《おまえ》の子なんだから」

「……まあ、ね」

『ヴィエルジュ』は言わば、美鶴が宝のために築き上げた王国だ。絶対的権力で君臨する美鶴という女王に寵愛され、宝はこれからも王子として大切にされていくだろう。

その足元に、無数の屍が埋まっていることにも気付かずに。

聖なる堕落

「…あ…っ、あの…、三枝宝《さえぐさたから》さんですよね？」

　エレベーターを降り、ロビーを通り抜けようとした時、鈴の鳴るような可愛《かわい》らしい声に呼び止められた。ゆっくりと振り返った宝を、まだあどけなさの残る美しい少女が真っ赤な顔で見上げている。

「そうだけど…、君は？」

「わ…、私、ミサキって言います。宝さんに憧れて、モデルになりたいって思ってて…このオーディションを受けて、合格したばっかりなんです。そ、それで、その……」

　ミサキはバッグから雑誌を取り出し、付箋の貼られたページを広げてみせた。見開きのカラーページで不敵な笑みを浮かべているのは、銀髪のウイッグをかぶり、華やかな衣装を纏《まと》ってファンタジー世界の王子に扮《ふん》した宝だ。

「も…、もし良ければ、ここにサインしてもらえませんか…っ⁉」

「ちょっと、ミサキ…」

　一緒に居た友人らしい少女が慌てて腕を引くが、ミサキは宝から視線を離そうとしない。その必死の形相に、宝はくすりと笑った。

「いいよ。……佑真《ゆうま》」

　手を差し出せば、影のように控えていた佑真がすかさずサインペンを渡してくれた。このところ求められることの多くなったサインを入れ、雑誌を返してやると、ミサキはぱあっと顔を輝かせる。

「あ、ありがとうございます…！　宝さんにサインをもらえるなんて、夢みたい…」

「同じ事務所の仲間だからね。ミサキちゃんは笑顔がすごく可愛いから、きっといいモデルになれると思うよ。これからも頑張《がんば》って」

「……はいっ！　頑張ります！」

雑誌をぎゅっと抱き締め、何度も頭を下げるミサキに見送られながら、宝は再び歩き出した。その斜《なな》め横に陣取り、あちこちから無遠慮に注がれる視線の盾になってくれていた佑真が、ブルーのカーペットが敷かれたエリアに入ったとたんぷぷっと吹き出す。

「『ミサキちゃんは笑顔がすごく可愛いから、きっといいモデルになれると思うよ』だって。さすが『氷の王子』様は違いますねえ」

「……煩《うるさ》いぞ、佑真」

いつもなら王子様はやめろ、と文句をつけるところだが、今回ばかりは仕方が無い。

ある人気ゲームアプリのキャラ『氷の王子』に扮し、ゲームのテーマソングのＰＶに出演したのは半年ほど前のことだ。ＰＶは公開されるや否や異例の再生数を叩《たた》き出し、ゲームユーザーのみならず、ゲームをプレイしない層にも絶賛された。特にゲームのイメージそのものの『氷の王子』を再現してみせた宝は人気をさらい、今までも決して少なくなかったオファーが急増したのだ。

…告白されたり、もっとストレートにベッドの誘いを受けることも多くなったが、宝が身も心も囚《とら》われているのはたった一人だけだ。

「お帰り、宝」

「……おにいちゃん！」

通い慣れた社長室に入るなり、宝は出迎えてくれた兄に駆け寄った。当然のように広げられた腕の中に、躊躇《ためら》い無く飛び込む。宝の滞在中、佑真以外の社員は社長室への立ち入りを禁じられているから、人目を憚《はばか》る必要も無い。

「おにいちゃん、おにいちゃん、おにいちゃん……」

優美な外見に反して鍛えられた胸に頰《ほお》をすり寄せ、兄の匂いを存分に吸い込み、広い背中にぎゅっと縋《すが》り付く。抱き返してくれる腕の力強さと温《ぬく》もりが、ミサキも、背後で苦笑しているだろう佑真の存在すらも蕩《とろ》かしてしまう。

「どうしたの、宝。今日はずいぶんと甘えん坊さんだね」

「今日はじゃなくて、今日もだろ」

混ぜ返す佑真に構わず、美鶴《みつる》は宝の背中を撫《な》でながらつむじに口付けを落としてくれる。うっとりするほど優しい感触に酔い痴《し》れながら、宝も兄のシャツ越しに何度も胸に口付けた。

「…だって、おにいちゃんのところに帰れるのが二時間も遅くなっちゃったんだもの」

今日、大学の講義は三限目までしか入っていなかったので、佑真に車で送迎してもらい、遅くとも三時過ぎには事務所に到着出来るはずだったのだ。しかし講師の都合で三限目の講義が四限目に変更されてしまい、必修単位だったせいでさぼるにさぼれず、夕方五時過ぎになってようやく帰れたのである。

朝の九時にはマンションを出たから、三時過ぎでも六時間。五時では八時間も兄と離れていたことになる。兄との別離を強《し》いられる時間は、今の宝にとってほんの一時間ですら地獄なのに。

「…僕に会えなくて、寂しかったの？」

耳元での囁《ささや》きに、宝は兄のシャツに顔を埋《うず》めたままこくこくと頷《うなず》いた。

「ずっと、おにいちゃんにこうしてぎゅってしてもらうことだけ考えてた。おにいちゃんに抱っこして欲しくて、キスして欲しくて…、……」

生まれた頃から馴染《なじ》んだ甘い兄の匂いが、頭の中に巣食っていた不安を溶かしていく。

代わりに疼《うず》き始めた腰を押し付け、宝はシャツ越しに美鶴の胸をちゅうっと吸い上げた。さっきから呼吸がどんどん荒くなって、上手《うま》く言葉も紡げなくなってきたけれど、兄ならきっと宝の願いに気付いてくれるはずだ。

「…ミルクが、欲しくなったの？」

期待通りの問いかけに、宝は無言で何度も首を上下させた。言葉を発して、兄の胸から唇を離したくなかったのだ。…全身が悲鳴を上げている。早く、一刻も早く兄に可愛がって欲しいと。この飢えと渇きを癒《い》やせるのは、兄が注いでくれるミルクだけだと。

「――佑真」

「はいはい、わかってますよ」

佑真は文句一つ口にせず、社長室からさっさと退出していった。宝と美鶴――実の兄弟がこれから及ぶ行為を理解しているはずだが、嫌悪の気配はまるで無い。

半年ほど前、美鶴と恋人同士になったと告白した時からそうだった。

佑真は活動こそしていないものの弁護士の資格を持ち、美鶴の親友兼片腕として活躍している。実の兄とそういう関係になったと知ったら非難されるかもしれないと覚悟して打ち明けたのに、佑真の反応は予想外のものだった。

『…何だ。やっとか』

驚くどころか、はあっと深い安堵《あんど》の息を吐いたのだ。美鶴がかねてから弟に並々ならぬ愛情を…しかも肉欲を伴うそれを抱き続けてきたことも、宝が兄を汚したくない一心で女の子たちに手を出していたことも、長い付き合いのこの聡明《そうめい》な男にはすっかりお見通しだったらしい。

『むしろお前が美鶴以外の人間を選んでたら、俺の胃が持たなかったわ。…お前が美鶴の可愛い子どもで居てくれれば、あいつも慈悲深い『聖母《ヴィエルジュ》』で居続けられる。俺としては歓迎こそすれ、非難するなんてありえないね』

佑真の最優先事項はいつでも美鶴であり、美鶴の美貌を最高の形で保つことである。もしや佑真も美鶴に惚《ほ》れているのでは、と不安になり、実際に一度問い質《ただ》してみたこともあるのだが、佑真は苦虫を嚙《か》み潰したような顔で断言したのだ。

『あいつに惚れるくらいなら、悪魔とダンスでも踊る方がましだな。俺が好きなのはあいつの顔であって、中身じゃない』

長い付き合いなので友人としての情はあるが、執着しているのはあくまで美鶴の奇跡的に整った美貌であり、性的な目で見たことは一度も無いという。だからこそ宝を美鶴の傍《そば》に置き、その心身を安定させたいのだろう。宝には理解しづらい感情だが、美鶴なら…生きた芸術品にも等しいこの兄ならば、ありうるかもしれない。

……そう言えば、あいつも……。

「……宝？」

ソファに腰を下ろしてズボンの前をくつろげ、広げた脚の間に入り込んだ宝の頭を撫でてくれていた美鶴が、ふとその手を滑らせた。おとがいを持ち上げられ、眼差《まなざ》しを合わされる。

「…おにいちゃん…？」

せっかく兄の下着をずらし、肉茎にありつこうとしていたところだったのに。不満たらたらに尖《とが》らせた唇を、美鶴の白い指先がちょんと突《つつ》く。

「今、誰のことを考えていたの？」

「え……」

「…宝はいい子だから、僕との約束を忘れてはいないよね？」

そうだ、確かに約束した。宝の心も身体《からだ》も美鶴のものだから、二人きりの時、美鶴以外の人間のことは絶対に考えないと。約束を破るのは悪い子なのに、どうしてあんな奴なんて思い浮かべてしまったんだろう。自己嫌悪に瞳を潤ませながら、宝は白状する。

「…柾鷹《まさたか》の、ことを…」

「柾鷹……？」

「あいつも、おにいちゃんの一番になりたがってたから…おにいちゃんのこと、まだ諦めてないんじゃないかと思って…」

思いを通じ合わせ、初めて兄に抱いてもらえたあの日、柾鷹はまぐわう兄弟の姿を執拗《しつよう》に撮っていった。閃《ひらめ》くフラッシュが柾鷹のぎらついた欲望そのもののようで、柾鷹を差し置いて美鶴に愛される優越感に酔いつつも、薄気味悪く感じたものだ。

半年以上経《た》った今でも時折思い出してしまうのは、佑真のせいでもあるかもしれないが…。

「…心配性だな、宝は」

美鶴は黒い瞳をゆったりと細め、宝の喉を撫で上げる。

「柾鷹からの連絡は一度も無いし、何か仕出かすようなら佑真が必ず気付いて対策を取ってくれるよ。お前は何も心配しなくていいんだ」

「…違う、の。そうじゃなくて…おにいちゃんが、柾鷹のこと、…気にしてるんじゃないかって…」

「僕が柾鷹を？　……どうして？」

「……柾鷹は、おにいちゃんに似てるから」

才能や気性ではなく、外見の話だ。

雰囲気はまるで違うが、従弟《いとこ》であり異父兄弟でもあるという血の濃さゆえなのか、美鶴と柾鷹の顔の造りはとても良く似ている。目元の辺りなどそっくりだ。柾鷹への嫉妬に凝《こ》り固まっていた宝に、そう気付かせてくれたのは佑真だったが。

「…僕に似てるから、僕が柾鷹を可愛がると思ったの？」

珍しく目を丸くする美鶴に、宝はこくりと頷く。

「…この間、佑真が言ってたもの。柾鷹はおにいちゃんに似てるから、磨けば大化けするって」

「佑真が、そんなことを？」

「宝もおにいちゃんの弟なのに、おにいちゃんには全然似てなくて…だから、…いつかおにいちゃんを取られるんじゃないかって…っ…」

自分で言っているうちに悲しみが押し寄せてきて、宝はしゃくり上げた。美鶴が柾鷹を傍に置き、可愛がる。その光景を思い浮かべるだけで、心臓が止まりそうになる。

「宝……」

ここにおいで、と膝《ひざ》を叩かれ、宝はのろのろと従った。向かい合う格好で膝に乗り上げた宝を、美鶴は優しく腕の中に閉じ込めてくれる。

「可愛い宝。僕が宝以外の子を、可愛がるはずがないでしょう？」

「…っ、でも……」

「佑真の言うことなんて、気にしなくていいんだよ。…大体、外見が似ているから好きになるなんてありえない。もしも柾鷹が宝と同じ顔をしていたら、宝は柾鷹を好きになっていた？」

宝はぶんぶんと首を横に振った。どんな顔をしていたって、柾鷹は柾鷹だ。自分たち兄弟と同じ血を引く、決して相容《い》れない存在。

「好きになんて、なるわけがない…」

呟《つぶや》いた宝の背中を、良く出来ましたとばかりに撫でてくれた手が、つつっと下に滑っていった。尻の丸みを布越しになぞられた瞬間、あわいに息づく蕾《つぼみ》がきゅんと疼き、痺《しび》れるような快感が背筋を這《は》い上がる。

「…あ…っ、…おにいちゃ、んっ…」

「佑真には僕が後できっちり言い聞かせておいてあげる。宝を不安にさせるなんて、悪い佑真だね」

「あ…っ、あぁ…、……あん…っ…！」

　ウエストから滑り込んだ手が、下着の上から尻のあわいをやわやわとなぞる。毎日兄を銜《くわ》え込み、すっかりその形と熱を覚えてしまった媚肉《びにく》が物足りなさそうにうごめくのを感じ、宝は美鶴の膝の上でもどかしげに腰を揺らめかせた。

　ついさっきまでは兄の肉茎を口いっぱいに頬張り、喉奥に熱いミルクをたくさん流し込んで欲しかったのに、今は蕾を貫かれたくてたまらない。

「おに…ぃ、ちゃん…、…おね、がい…、ミルク…、ミルク、ちょうだい…」

　美鶴の腰に股間を擦《す》り付け、潤んだ眼差しで縋れば、兄は宝の頬を濡《ぬ》らす涙を唇で拭ってくれた。その気品に満ちた美貌を彩るのは、今も世界じゅうのファンを魅了してやまない『聖母《ヴィエルジュ》』の微笑だ。

「可哀想《かわいそう》な宝。こんなにお腹《なか》を空かせて…」

　微笑《ほほえ》んだまま、聖母は下着の隙間《すきま》から指を侵入させ、物欲しげに蠢動《しゅんどう》する蕾にそっと差し入れた。入り口の浅い部分をなぞられ、宝はしなる背をびくんびくんとわななかせる。

「あん…っ、あ…っ、…おにいちゃん…、おにいちゃん…」

　決して奥に入って来てくれない指が焦《じ》れったくて、触れられてもいないのに下着の中で張り詰めた性器が窮屈で、いっそ自ら衣服を脱ぎ、一糸纏わぬ姿で兄に縋り付きたくなってしまう。

　…けれど、駄目なのだ。

　宝は美鶴の赤ちゃんだから、こうして抱かれている間、何もかも美鶴に任せなければならない。赤ん坊が母親の手に生命《いのち》さえ委ねるように、全てを美鶴の手でしてもらう。

シャツもズボンも、靴下すら、美鶴に脱がせてもらわなければならない。宝がしていいのは、ただ美鶴の愛を求めることだけ。

「…いい子だね。僕の宝は…」

美鶴は宝の額に柔らかく唇を落とし、蕾から指を引き抜いた。はしたなく揺れる尻たぶを撫で、優美な外見とは裏腹の力強い腕で宝をソファに横たえると、衣服を一枚一枚ゆっくりと脱がせていく。

……ああ、おにいちゃん……。

服を脱がされる間、ずっと兄に見惚《みと》れていた。

幼い頃から宝の自慢だった兄は歳《とし》を取るごとに輝きと艶を増し、衰えるということを知らない。この兄の一番可愛い子は自分なのだと…こうして世話を焼かれ、ミルクを飲ませてもらえるのは自分だけなのだと思うと、歓喜と優越感が湧《わ》いてくる。

……おにいちゃんは、宝だけのおにいちゃんなんだから。

記憶の奥底にこびりついて離れない柾鷹の面影をせせら笑ってやれば、不安は淡雪のように溶けていった。一枚、また一枚と衣服を奪われるにつれ、下着の中の性器がどくどくと脈打ち、痛いくらいに熱を帯びる。

「あ…っ、ん…、あぁ……」

「宝…、…可愛い、僕の宝…」

目尻に涙を滲《にじ》ませながら喘《あえ》ぐ宝の腰を、美鶴はちゅっと吸い上げる。刻まれた紅《あか》い痕に満足そうに口付け、先走りの染みの出来た下着を取り去ると、濡れて勃起した性器をおもむろに咥《くわ》え込んだ。

「あっ…、ん……！」

ひときわ強い快楽が脳天を突き抜け、宝は靴下を穿《は》かされたままの爪先をびくびくと跳ねさせた。少しだけ、ほんのちょっとだけと己に言い聞かせながら股間を一瞥《いちべつ》し、すぐさま後悔する。弟の性器を咥え、こちらを見上げる美鶴の眼差しに捕らわれてしまったから。

「…や…ぁっ、あ…んっ、あ…、おにい、…ちゃん…」

もじもじと腰をくねらせれば、美鶴は応えの代わりに唇を滑らせ、先端のくびれの辺りを柔らかく食《は》んでくれる。そのまま執拗にねぶられ、美鶴と結ばれる前の宝なら呆気《あっけ》無く精液をまき散らしていただろう。

「あぁ…っ…！　あ、ああっ、あんっ、あ…っ…」

けれど今の宝は、兄の髪に指を埋め、切なく泣きじゃくるしかない。高まる欲望は出口を求め、身体の内側でぐるぐると渦を巻いているのに、発散出来ないのだ。…まだ、兄のミルクを飲ませてもらっていないから。

「…は…っ、あ…んっ、あっ、おにいちゃん、…おにいちゃんっ…」

腹の奥で、媚肉がざわめいている。早く美鶴に満たされ、濃厚なミルクを注いで欲しいと訴えている。今すぐ兄の腰に跨《またが》り、あの太く逞《たくま》しいものを銜え込めたらどんなに気持ちいいだろう。

でも、出来ない。宝は赤ちゃんだから。…美鶴が愛してくれなければ死んでしまう、美鶴のために生まれてきた赤ちゃんだから。

赤ちゃんらしく涙に濡れた眼差しで縋れば、はあ…、と熱い吐息が宝の薄い下生えをくすぐった。

「……あぁ、あっ……！」

根元までずぶずぶと長い指が埋められた瞬間、瞳の奥でちかちかと紅い光が瞬《またた》き、今までの生殺しのような快感とは比べ物にならないほど強烈なそれが全身を貫く。射精してしまったのかと思ったが、性器は相変わらず熱を帯び、達することも出来ず美鶴の口内で涙を流すだけだ。

――いい子だね、宝。

慈愛深く細められた瞳に舐《な》め回され、弛緩《しかん》した身体が歓喜に震える。

媚肉を抉《えぐ》られただけで精液をぶちまけずに達せるのが、美鶴の赤ちゃんである証拠なのだ。美鶴のミルクが宝だけのものであるように、宝のミルクも美鶴だけのもの。上の口と下の口からたっぷりミルクを注がれ、お腹いっぱいになった後、美鶴に一滴残らず飲んでもらわなければならないのだ。

「宝…、僕の可愛い赤ちゃん……」

震える内腿《うちもも》に数多《あまた》の吸い痕を刻み、やおら膝立ちになった美鶴の艶麗な微笑みに、宝の心臓は高鳴る。聖母と崇《あが》められる心優しい兄にこんな表情をさせられるのは、きっと世界じゅうで自分だけだ。

「……おにいちゃん、大好き……」

自ら脚を開いた宝に、ズボンの前をくつろげた美鶴が覆いかぶさってくる。うごめく蕾に待ち望んだものを打ち込まれた瞬間、宝は歓喜の悲鳴を上げ、聖母の腕の中に堕《お》ちていった。

たっぷりミルクを飲ませてもらい満腹になった後、いつもなら美鶴に抱き締められたまま眠りに落ちるのだが、今日ばかりはそういうわけにいかなかった。美鶴を見出《みいだ》したフランス人デザイナー、アラン・ガブリエルと食事の予定が入っているのだ。

元々親日家のアランは年に数度は日本を訪れ、美鶴ともたびたび会っているのだが、宝が食事の席に招かれるのは今日が初めてだった。佑真によれば、しきりに美鶴の弟と会いたがるアランを、美鶴がはねつけていたらしい。

それが今日、美鶴にエスコートされ、アランの定宿の一つだという渋谷《しぶや》駅近くのハイクラスホテルを訪れることになったのは、ビジネスの話をするためだ。

『やあ、ミツル。日本に来て早々に君と会えるなんて、聖母が私を祝福してくれているに違いないよ』

専属のバトラーに案内され、最上階のロイヤルスイートルームに通されるや、アランが満面の笑顔で出迎えてくれた。

もう四十は過ぎているはずだが、ブランドのテーマカラーでもある白のセットアップにロイヤルブルーのシャツを合わせた姿は洒脱《しゃだつ》な雰囲気を漂わせ、実年齢よりかなり若々しく見える。歓喜に染まった歓迎の言葉は流暢《りゅうちょう》な英語で紡がれたため、宝もすんなり理解出来た。

『お久しぶりです、アラン。今宵《こよい》はお招きありがとうございます』

軽いハグを返す美鶴は、アランの滞在する一室での会食ということもあり、『アラン・ガブリエル』の白のオフタートルニット、オフホワイトのズボンというやや砕けた出《い》で立《た》ちだ。

普通の男なら悪目立ち間違い無しの白ずくめの組み合わせは、聖母とも称《たた》えられる美鶴の美貌をこ

の上無く引き立てている。美形に囲まれて過ごしているはずのアランが見惚れるのも、無理は無い。

『ミツル、そんな他人行儀なことは言わないでおくれ。君の美しい姿を拝むのが、私の生き甲斐《がい》なんだから。…ところで、そちらが君の？』

大仰に肩を竦《すく》めたアランの榛《はしばみ》色の瞳が、革靴を履いた美鶴の足元を一瞥し、背後に向けられた。美鶴は微笑んで頷き、宝をそっと前に押し出す。

『はい、弟の宝です。ムッシュー。…宝、ごあいさつを』

『初めまして、ムッシュー。お会い出来て光栄です』

宝が進み出ると、アランは『おお……』と歓声を漏《も》らし、宝の頭のてっぺんから爪先まで無遠慮に眺め回した。

今夜の宝はスタンドカラーにレースをあしらったキャバリアブラウスに、黒のスキニーパンツとヒールが高めのボタンアップブーツを合わせている。全て、美鶴が今宵のために贈ってくれたものだ。癖のつきやすい猫っ毛を綺麗《きれい》にセットしてくれたのも、王冠をかたどったゴールドのカフリンクスをつけてくれたのも美鶴である。

『…素晴らしい。その服は、ミツルが？』

『はい、兄が見立ててくれました』

『さすがはミツルだ。私のブランドの服でないのは残念だが、君の魅力を最大限に引き出している。まるで高貴な王子《プランス》のようだ。ミツルのお許しが出れば、次のコレクションに採用させて欲しいところだよ』

『ありがとうございます、ムッシュー』

デザイナーに自分の服を着て欲しいと言われるのは最高の賛辞だ。微笑む宝を眩《まぶ》しそうに見詰め、アランは首を振る。

『良ければ気軽にアランと呼んでくれないか。私の女神《ミューズ》たるミツルの弟なら、私にとっては本当の王子も同然だ』

『……はい、アラン』

素直に頷けば、感激したアランがフランス語で何やら喚《わめ》き散らした。早口なので上手く聞き取れないが、ファーストネームを呼んでもらえたのが嬉《うれ》しかったらしい。その程度でここまで喜んでもらえるなんて、アランにとって美鶴はよほど大切な存在のようだ。

『…アラン。歓迎して下さるのは嬉しいですが、お客様を待たせているのでは？』

見兼ねた美鶴がたしなめると、アランはぎくりと頬を強張《こわば》らせたが、すぐにまた人好きのする笑みを取り戻した。

『そうだった、そうだった。麗しい聖母と王子を独占していたら、彼に怒られてしまうところだったよ。…さあ、こちらへ』

踵《きびす》を返したアランが、美鶴と宝を先導してくれる。

厳選されたＶＩＰ客にしか提供されないこのロイヤルスイートルームは、寝室の他に二つのリビングルームとダイニングルーム、そして本格的な調理もこなせる厨房《ちゅうぼう》まで備えているそうだ。人目に煩《わずら》わされず、食事を楽しみたいというＶＩＰの要望に応えるためである。

案内されたダイニングルームのテーブルには、すでに一人の男が着席していた。パノラマウィンドウの外に広がる都心の夜景を眺めていた男は、人の気配に振り返り、はっと息を呑《の》む。

『待たせてすまない、ナイジェル。私の女神《ミューズ》と、ご要望の王子殿下をお連れしたよ』

アランが芝居がかった仕草で胸に手を当てると、男は隙の無い動作で立ち上がった。

長身を包むチャコールグレーのチョークストライプスーツは、サヴィル・ロウの職人が手縫いで仕上げた一流品だろう。上品な艶を帯びたウールは、既製品では決して持ち得ない優雅なラインを描き、筋肉質な身体にフィットしている。切れ長の青い瞳に、綺麗に撫で付けられた金髪に彩られたどこか貴族的な顔立ちは、ＳＮＳやインターネットの記事に掲載された写真よりも少し若く見えた。

ファッション業界に関わる者なら、男の顔を知らない者の方が少ないだろう。父親から受け継いだというアパレルメーカー『アクイラ』を世界三位の売上を誇る巨大ブランドに成長させ、その経営手腕でも端整な容姿でも注目を浴びるアメリカ人実業家は、常に注目の的なのだから。彼の後援を得るためなら悪魔に魂を売っても惜しくないと思う同業者は、数え切れないはずである。

『ナイジェル・フェアフィールドだ。急な呼び出しに応じてくれたこと、礼を言う』

男——ナイジェルは笑みを浮かべ、美鶴と宝に握手を求めてきた。愛想良く応じつつも、宝は見逃さない。仄《ほの》かな熱を孕《はら》み、美鶴を捕らえて放さないナイジェルの眼差しを。

……こいつ、おにいちゃんを……。

心に燃え上がりかけた苛立《いらだ》ちの炎を、宝は理性で抑え込む。

美しい美鶴は、今までも数え切れないほどの人々を魅了してきた。宝を心配させまいと滅多に話してくれないが、時には美鶴の美貌に狂った人々によって危険な目に遭わされたことも、一度や二度ではないだろう。

叶《かな》うなら今すぐ美鶴と一緒に帰りたいが、そんなわけにはいかない。今宵、ナイジェルが対面を望んだのは美鶴ではなく、宝なのだから。

『どうだい、ナイジェル。私の女神《ミューズ》の弟は、本物の王子のようだろう？　君のプランに打って付けじゃないか』

アランが誇らしげに胸を張ると、ナイジェルはじっと宝を見下ろした。

成功者特有の透徹した眼差しは、普通のモデルなら萎縮してしまったかもしれないが、幼い頃から美鶴にあちこち連れ回されてきた宝はちょっとやそっとのことでは動じない。美鶴が傍で見守っていてくれるのなら、尚更だ。

気後れもせず、美鶴直伝の完璧な笑みを作ってみせる宝に、ナイジェルは満足そうに頷いた。

『……うむ、いいな。『レグルス』のイメージにぴったりだ』

『そうだろう？　何と言っても、私の女神《ミューズ》の弟だ。君のお眼鏡に適《かな》わないはずがないと信じていたよ』

『…『レグルス』…？』

聞き慣れない単語に、宝は首を傾《かし》げた。ナイジェルが経営するアパレルメーカー『アクイラ』の傘下には、世界で千店舗以上展開する『パッセル』を始め、主にファストファッション系のブランドが幾つも展開されているが、『レグルス』というブランド名は聞いたことが無い。

先月、ナイジェルが昔からの付き合いだというアランを通し、宝を自社ブランドのモデルに起用したいと申し出てきた時は、てっきり『パッセル』のことだと思っていた。今日の会食は、そのための顔合わせではなかったのだろうか。

そっと美鶴を振り返るが、無言で首を振られた。どうやら美鶴も、何も聞かされていないらしい。戸惑う兄弟に気付き、アランは苦笑した。束《つか》の間《ま》、榛色の瞳が美鶴の足元に向けられたのは、気のせいだったのだろうか。

『…ああ、すまないね、二人とも。私も昨日聞かされたばかりなんだよ。全くナイジェルときたら、貴族の末裔《まつえい》のくせにやることなすこと唐突なんだから』

『親父《おやじ》が英国の伯爵の三男というだけだ。伯爵と言っても、庶民と変わらぬ没落貴族では何の自慢にもならん』

ナイジェルは眉を顰《ひそ》めつつも、宝たちに席を勧めてくれた。窓側にナイジェルとアラン、手前に美鶴と宝が並ぶ格好で全員が席に着くと、見計らったようにソムリエが現れ、グラスに食前酒を注いでくれる。

『これは他言無用に願いたいのだが――新たなブランドを立ち上げることにした』

ナイジェルが切り出したのは、食前酒を飲み終え、アランの土産《みやげ》だという極上の赤ワインと前菜が供された後だった。

世界規模で展開する『アクイラ』のＣＥＯが自ら新ブランドを立ち上げるとなれば、ファストファッションのみならず、ファッション業界全体に多大な影響をもたらす一大ニュースである。驚愕《きょうがく》のあまりナイフを取り落としそうになった宝の横で、美鶴は平然と問いかけた。

『その新ブランドというのが、『レグルス』ですか？』

『そうだ。『パッセル』を始め、これまで『アクイラ』が手掛けてきたブランドとは別ラインの、ハイブランドにするつもりでいる』

アパレル業界が冬の時代に突入したと言われて久しい中、『アクイラ』傘下のブランドはいずれも堅調な売上を維持している。

軒並み赤字経営を続ける他の大手メーカーに比べればそれだけでも称賛に値するのだが、常に勝ち続けてきたナイジェルは現状維持だけでは飽き足らず、ブランドの梃《てこ》入《い》れを決意した。それが今までの『アクイラ』とは正反対の高価格帯ブランド『レグルス』の立ち上げだ。

ナイジェルが僅か十年足らずで『アクイラ』を急成長させた勝因は、製品の製造から販売に至るまで自社で一括管理するＳＰＡと呼ばれるシステムをいち早く取り入れたことである。これによって常に新しい製品を安く大量に販売することが可能となり、『アクイラ』傘下の店舗は瞬く間に世界じゅうに展開し、ファストファッション隆盛の先駆けとなったのだ。

そこへ敢《あ》えて高価格帯のブランドを参入させるのは、従来のシステムにも時代の流れにも逆行していると言える。

慢性的な不況が続くこのご時世、とにかく服が売れないのだ。財布の紐《ひも》が堅くなった消費者はファストファッションに走りがちで、ハイブランドを求めるのは一部の富裕層のみである。百年以上続く老舗高級ブランドでさえ、大量に売れ残った製品を秘密裏に焼却処分したのが露見し、大バッシングを受けたことがあったくらいだ。

だが、宝でも思い付く程度の危険性は、ナイジェルもとうに想定済みだったらしい。

『安価な製品が大量に消費される時代だからこそ、他とは一線を画した特別感のある製品が求められる。他人とは違うが、周囲から浮いてしまうほど奇抜ではない高級感のあるデザインと、多少頑張れば手の届く価格帯…その二つを兼ね備えるのが『レグルス』だ』

赤ワインが満たされたグラスをゆらゆらと揺らしながら、ナイジェルは説明する。無作法なはずの仕草にそこはかとない気品が漂うのは、成功者の余裕なのか、貴族の血筋の賜物《たまもの》なのか。

『そこで、私の出番というわけだよ』

空になった美鶴のグラスにワインを注いでいたアランが、ぽんと己の胸を叩く。ダイニングの隅に控えていたソムリエもギャルソンも、アランに追い出されてしまったのだ。代わりに自ら給仕を買って出るのだから、気さくな性質なのだろう。

『新ブランドのデザインを『アラン・ガブリエル』が担当する。勿論《もちろん》この私も、メインとなるラインのデザインを引き受けるつもりだ。…そしてタカラ、君には『レグルス』のメインモデルとして、私がデザインした衣装を着て欲しい』

『……私、が……？』

呆然《ぼうぜん》と呟く宝に、アランは神妙な顔で視線を合わせた。

『新ブランドの初代メインモデルはプレッシャーのかかる仕事だ。だが私は、私の女神《ミューズ》であり聖母《ヴィエルジュ》でもあるミツルの弟なら、きっと大役を果たしてくれると信じている』

『アラン……』

全幅の期待が重かった。アランの言う通り、既存ブランドのモデルと、何もかも真っ白な新ブランドのメインモデルを務めるのとでは、かかるプレッシャーがまるで違ってくる。モデル次第で良くも悪くもブランドのイメージが固定されてしまうからだ。

間違い無く、宝が今までこなしてきた中では最大の仕事である。実績や知名度なら宝に勝るモデルは『ヴィエルジュ』にも何人も存在するし、第一線で活躍する現役モデルでさえ、現在のスケジュールを全てキャンセルしてでも引き受けたい者は少なくないだろう。

アランがそんな大任に宝を強く推《お》してくれたのは、宝自身を気に入ったというよりは、女神《ミューズ》である美鶴の弟だからに違いない。…いや、アランとナイジェル、そして美鶴。超一流の男たちとこうして同じテーブルを囲めることさえ、美鶴の威光あってこそだ。

肝心のナイジェルは、どう考えているのだろうか。

宝の迷いを見透かしたように、青い瞳の男は口を開く。

『私に異存は無い。…正直なところ、アランから君を熱烈に推挙された時はそこまでのものかと疑念もあったが、今日実際に会って直感した。君は『レグルス』のイメージにぴったりだ』

レグルスとは、ラテン語で『王子』を意味するのだという。纏った者をほんの少しだけ特別な存在にしてくれる。それが『レグルス』のコンセプトなのだそうだ。

『高貴な猫の王子のような君なら、『レグルス』の魅力を余すところ無く引き出してくれるだろう。君の兄が、『アラン・ガブリエル』の象徴となったように』

『……』

『むろん、引き受けるかどうかは君次第だが……どうする？』

ナイジェルの言葉に、嘘《うそ》は無いのだろう。ナイジェルとアランは懇意のようだが、アランへの義理だけでモデルとしては中堅どころの宝を起用しようとは思うまい。たとえ宝が、『聖母《ヴィエルジュ》』と謳《うた》われた美鶴の実弟だとしても。

だが宝は、ナイジェルの青い瞳が時折熱を孕み、美鶴に注がれるのを見逃してはいなかった。

……こいつの目的は、俺じゃない。おにいちゃんだ。

美しく慈愛深い美鶴を搦《から》め捕るため、宝を新ブランドのメインモデルに選んだのだ。アランの女神《ミューズ》であり、モデル業界に大きな影響力を有する美鶴を無理矢理我が物にするのは、いかにナイジェルとて難しい。仮にナイジェルが正攻法で美鶴に言い寄ったとしても、美鶴は決して受け容れないだろう。美鶴の可愛い子どもは、宝だけなのだから。

けれど宝をメインモデルという形で人質に取れば、格段に口説きやすくなる。

ナイジェルの思惑がどうあれ、宝にとって大きな飛躍のチャンスであることに変わりは無いのだ。あるいは宝の今後の優遇をちらつかせたら、美鶴は身を任せるのではないか——美鶴と宝の関係を知らないナイジェルが、そんな妄想をしてもおかしくはない。

『…僕はいいお話だと思うよ、宝』

沈黙を保っていた美鶴が、ふわりと美貌を綻《ほころ》ばせた。世界じゅうを魅了する『聖母《ヴィエルジュ》』の笑みに、アランはうっとりと見惚れ、ナイジェルも感嘆の息を吐く。

『おに…、…社長…』

『フェアフィールド氏は宝の魅力をきちんと見抜いて下さっている。新ブランドのメインモデルは確かに大役だけど、きっと宝のためになるよ』

膝上に置いていた手にそっと美鶴のそれを重ねられ、ずくり、と心が痛んだ。

どこまでも清らかで優しい美鶴は、ナイジェルの薄汚い下心など気付かないのだ。宝がナイジェルに見込まれたことを、心の底から喜んでくれている。

……俺が守らなくちゃ。

強い使命感に、宝の心は燃え上がった。

穢《けが》れを知らない聖母を守るのは、宝の役割だ。宝は美鶴の弟であり、恋人であり……たった一人の、可愛い子どもなのだから。

宝は兄の掌中で守られながら育った。今度は宝が兄を守る番なのだ。

『…ミスター・フェアフィールド』

宝はテーブルの向こうのナイジェルに向き直った。迷いも恐れも払拭されたまっすぐな眼差しに、青い瞳が微《かす》かに揺れる。

『ご依頼、ありがたくお引き受けしたいと思います。私を選んで下さったことを後悔させないよう、精いっぱい努めます』

『…今ここで決めてしまっていいのか？　数日は待つつもりでいたのだが』

『大丈夫です。兄が……社長が賛成するのなら、私に異存はありませんから』

今までも美鶴に勧められた仕事は全てこなしてきたし、逆に反対された仕事はどんなに条件が良くても断ってきた。

　宝のためにならないことを、美鶴がするわけがない。美味《おい》しい話に飛び付いて芸能界の落とし穴に嵌《は》まる同業者たちも多い中、宝が順調に成功への道筋を歩いてこられたのは、美鶴のおかげなのだ。

『ほう…。アランから聞いてはいたが、君たちはずいぶんと仲の良い兄弟なのだな』

『…兄は私を育ててくれた、たった一人きりの大切な家族ですから』

　だから絶対にお前の好きにはさせない、という決意は行儀のいい微笑みに隠したはずだが、ほんの一瞬、ナイジェルの青い瞳に不機嫌そうな光が過《よぎ》る。

『君は……』

『よし、商談成立だな！』

　何か言いかけたナイジェルに、喜色満面のアランが割り込んだ。ぱんぱんと手を打ち鳴らし、現れたバトラーにワインの追加を命じる。

『私の女神《ミューズ》の愛する弟が、私のビジネスパートナーのもとで、私がデザインする服を着てくれることになった。大いに飲んで、祝わなければ。…君もそう思うだろう、ナイジェル？』

『……あ、ああ……』

　端整な顔が嫌そうに歪《ゆが》められるのにも構わず、アランはナイジェルの肩を抱き、フランス語の鼻歌混じりにワインのグラスを空ける。

　そこへバトラーとワゴンを押したギャルソンたちが現れ、キャビアのフラッペや海老《えび》のアヒージョ、フォアグラのポワレやチーズの盛り合わせなどを広々としたテーブルいっぱいに並べていった。

更に追加のワインやシャンパンも次々と運び込まれ、宝は思わず笑顔を引き攣《つ》らせそうになってしまう。アルコールにはあまり強くないが、アランのこの様子では飲まないわけにはいかないだろう。

「…宝。佑真を呼ぶから、先に帰っていて」

耳元に唇を寄せ、日本語で囁く兄に、宝は首を振った。

「大丈夫、おにいちゃん。…俺、ちゃんとやれるから」

そもそもこの席は、ナイジェルと宝のために設けられたのだ。宝だけがさっさと帰るわけにはいかないし……美鶴を一人にしたら、ここぞとばかりにナイジェルが魔の手を伸ばすに決まっている。

……安心しててね、おにいちゃん。絶対、俺が守ってあげるから。

心配そうな美鶴に笑いかけ、宝はアランが注いでくれたシャンパンのグラスを受け取った。その横顔に、ナイジェルがじっと視線を注いでいることに気付かぬまま。


耐え難い疲労感と苛立ちを抱えたまま帰宅した美鶴を、佑真がリビングで迎えてくれた。読んでいた書類をテーブルに置き、目元を指先で揉《も》み込みながらこちらにひらひらと手を振る。

「よお、お帰り。……ずいぶんとお疲れのようで」

「当たり前だろう」

ついさっきまで、出過ぎた真似《まね》をしてくれた雄豚《オスぶた》を躾《しつ》け直していたのだ。会うのが久しぶりだったのと、前々から会いたがっていた宝と対面を果たしたせいでいつも以上に興奮してブヒブヒ鳴き喚き、汚らわしい豚という己の立場を思い出させるのに少々てこずってしまった。

「あの糞豚《クソ》……」

吐き出しかけた悪態を呑み込んだのは、佑真の向かい側のソファに宝が横たわっていたからだ。出かけた時と同じ服装のまま、かけられた毛布の端を握り締め、寝息をたてている。

赤ん坊の頃から変わらない安らかな寝顔に、ささくれだった心が癒やされていく。

「宝…、僕の可愛い子……」

隣に座り、起こしてしまわぬよう柔らかな髪を優しく撫でてやっている間、佑真が話しかけてくることは無かった。ただじっと美鶴の顔を見詰めるだけだ。美鶴の顔が作り出す表情ならどんなものでも生きた芸術品であり、鑑賞に値すると断言して憚らない佑真だが、最も好むのは宝を慈しんでいる時のそれらしい。

「…ぁ…、……おにい、…ちゃん…?」

長い睫毛《まつげ》を震わせていた宝が、ゆっくりと瞼《まぶた》を押し上げる。

小さな額に口付け、美鶴は白く滑らかな頬を撫でた。夢と現《うつつ》の狭間《はざま》をさまようぼんやりとした表情はいたいけで、食べてしまいたいほど愛らしく、今からでもこの腹に宿してやりたい欲求にかられる。可愛らしさと愛《いと》おしさだけで出来た弟を腹の中に閉じ込め、名実共に美鶴の子どもにしてしまえたら、どれほど安心出来るだろう。

美鶴と同じ血が流れているはずなのに、この子は無垢《むく》で純粋で……可愛すぎる。だからこそ、あの汚らわしい雄豚のみならず、鼻持ちならない男の関心まで引いてしまうのだろうが。

「宝。…ちゃんとベッドに入って寝なくちゃ、駄目でしょう？」

どろどろとした感情をおくびにも出さず、甘くたしなめれば、宝は柔らかな唇を尖らせる。

「…だって…、おにいちゃんが宝を置いて行っちゃったんだもの」

「宝……」

「おにいちゃんと一緒じゃなきゃ、宝、安心して眠れない。おにいちゃんは綺麗で優しいから…、みんな、おにいちゃんのこと好きになっちゃうもの…」

ぐしゅぐしゅと泣きじゃくりながら起き上がり、すり寄ってくる宝を、腕の中に迎え入れてやる。ちらりとテーブルの向こうを一瞥すれば、佑真はやれやれとばかりに肩を竦めた。

「お前がホテルに戻ったすぐ後に目が覚めて、ずっとこんな調子だったんだ。ほんの十分くらい前、泣き疲れて眠っちまったけどな」

「ずっと…？」

「おにいちゃんがナイジェルに狙われてる、汚されちゃうって泣きながら、ホテルに突撃しようとしてた。さんざん酒を飲んだせいで、足元ふらふらのくせにな」

止めるのに苦労した、と溜息《ためいき》を吐《つ》く佑真がやけに疲れた様子なのはそのせいなのだろう。

――アランとナイジェルとの会食が終わったのは、日付が変わる寸前のことだった。

途中、美鶴は先に帰るよう何度も宝に告げたが、宝は決して従わず、アランに勧められるがままグラスを空にし続けた。弟として、兄の顔を潰すまいと必死だったのだろう。その結果、宝はとうとう美鶴にもたれて眠り込んでしまい、単なる酒盛りと化した会食もお開きとなった。

美鶴は宝と共に帰宅し、佑真に宝の世話を頼んだ後、自分だけタクシーでホテルに取って返した。身の程知らずにも増長し、可愛い宝に酒を強いた雄豚…アランに、報いを受けさせるためだ。

アランがナイジェルと提携し、新ブランド『レグルス』を立ち上げることは、昨日の時点で知っていた。美鶴の弟に相応《ふさわ》しいブランドが出来ると、アラン自ら嬉々《きき》として報告してきたのだ。アランに限らず、世界じゅうに散らばった美鶴の雄豚たちは美鶴の歓心を得ようと、あらゆる情報を献上してくるのだが。

宝の前で初耳のふりをしたのは、先にナイジェルの依頼の内容を教えれば、要らぬ緊張をさせてしまうと思ったからだ。

最初から、美鶴はこの依頼を受けさせるつもりでいた。三枝宝というモデルに積ませるキャリアとして、『アクイラ』が手掛ける新ブランド以上のものは望めない。…たとえ、ナイジェルが腹に一物抱えていたとしても。

肉親の欲目を差し引いても宝は才能に恵まれたモデルだし、美鶴の…『聖母《ヴィエルジュ》』の実弟であるという話題性も併せ持っている。

だがナイジェルほどの立場なら、他にいくらでもメインモデルの候補は選べたはずなのだ。プロのモデルに拘《こだわ》らず、アーティストやスポーツ選手から起用してもいい。新規立ち上げのブランドなら、知名度の高いモデルをメインに据えた方が経営的には安定する。

しかし、ナイジェルに選ばれたのは宝だった。そこには勿論、決して表には出てこない様々な思惑が絡んでいる。

「…で、どうだった？　禿鷲《はげわし》野郎の狙いは、やっぱりお前か？」

眼鏡の奥で、佑真が理知的な目を光らせた。

視力に問題が無いくせに眼鏡をかけるのは、美鶴の美貌の鑑賞を邪魔されないためだそうだ。あまり目立つタイプではないが、眼鏡を外して野暮ったい髪型を整えれば、なかなかの美形に化けるはずである。加えて弁護士の資格まで持つとくれば、言い寄る女は…もしかしたら男も、後を絶たないだろう。

豚のおぞましい狂乱ぶりが脳裏を過り、美鶴は眉を寄せた。

「豚の話を聞いた限り、そうだろうな」

禿鷲というのは、ナイジェルの渾名《あだな》だ。父親から受け継いだ『アクイラ』を発展させる傍《かたわ》ら、零細メーカーを買い叩いて吸収していったため、そう呼ばれるようになった。資金繰りが悪化して身動きが取れなくなった企業を狙い撃ちするその眼力と抜け目の無さ、ナイジェルの父親の生家である英国伯爵家の紋章が禿鷲であることにも起因するのだろう。

豚…自ら生まれたままの姿になり、四つん這いになったアランが美鶴のピンヒールに踏みにじられ、ブヒブヒ鳴きながら語ったところによれば、ナイジェルと面識を得たのは、美鶴が『アラン・ガブリエル』のモデルを務めるようになった数年後だそうだ。

おそらくはその時から、美鶴の存在に注目していたのだろう。美鶴を見出した時のアランは、デザイナーとしてその才能を認められてはいたが、『アラン・ガブリエル』の業績そのものは良好とは言い難かった。才能と商業的な成功は別次元の問題なのだ。もし才能が金銭に直結するのなら、貧窮のうちに死んでいく芸術家など存在しないだろう。

だが美鶴という『聖母《ヴィエルジュ》』——唯一無二の女神《ミューズ》にして女王《クイーン》を得たことで、アランは一変した。美鶴に鞭《むち》打たれ、蹂躙《じゅうりん》される栄誉に浴するべく、才能と売上を両立させられる優秀な雄豚に成長したのだ。

美鶴とアランの本当の関係を知るのは、佑真や同じ雄豚仲間を除けば僅かである。だが『アラン・ガブリエル』の驚異的な成長の陰に美鶴が居ることは、見る目のある者なら容易に気付いてしまうだろう。

そしてナイジェルは新ブランド設立を契機に、美鶴を得ようと動き出した。しかし今宵、ワインが開けられるにつれ、ナイジェルの青い瞳は美鶴よりも宝を映《うつ》す方が多くなっていったのだが…。

「あの禿鷲、絶対、お前がアランの愛人だと思い込んでるぜ」

いひひ、とおかしそうに笑う佑真に殺意が湧くが、実際その通りだろう。ナイジェル以外にもそう信じる者は多いし、誤解を招いてもおかしくないほど、美鶴はアランに優遇されている。おぞましい噂《うわさ》を適度に放置してあるのは、その方が色々と都合がいいからに過ぎない。

アランから美鶴を奪い、第二のアランになろうと画策した者は過去に何人も居た。

しかし、美鶴の弱点を正確に狙い定め、利用を目論《もくろ》んだのはナイジェルが初めてだ。美鶴が弟を我が子のように溺愛《できあい》していることは周知の事実だが、ナイジェルほどの権力と財力の主でもなければ、報復を恐れ、美鶴の掌中の珠《たま》に手は出せまい。経営者としての美鶴は、慈悲深い聖母でも女神でもないのだから。

…だが、利用しているのはこちらも同じこと。

「――来年、『レグルス』と『アラン・ガブリエル』の合同コレクションの開催が決まった」

未《いま》だ小さく震えている宝の背をさすってやりながら告げれば、ひゅう、と佑真は口笛を鳴らした。

「お前と宝が共演するのか。メディアの注目の的になるのは間違い無しだな。…宝の知名度も一気に上昇するだろう。『聖母《ヴィエルジュ》の弟』に相応しいくらいに」

「そのくらいの見返りが無ければ、可愛い宝を置き去りにしてまで、覚えの悪い豚の躾なんてやっていられないからな」

仮にもハイブランドである『アラン・ガブリエル』が新興ブランドと合同でコレクションを開催するなど、普通はありえない。

美鶴に蹂躙されたい一心で企画を持ち掛けたのはアランの方だが、ナイジェルは必ず申し出を受けるだろう。世界じゅうの注目とスポットライトを一身に集め、美鶴と共に歩くランウェイは、宝の飛躍の出発点になってくれるはずだ。

「可愛い子どものためなら、豚も禿鷲も手玉に取る…か。いやはや…」

「…何が言いたい、佑真」

「…いや、ちょっと不思議になっただけさ。宝がとうとうお前に堕とされたって聞いた時、あいつは二度と外の空気を吸えなくなるんだろうなって思ったものだから」

宝に対する美鶴の執着ぶりを見続けてきた佑真は、美鶴が念願叶って宝を手に入れたら最後、どこかに閉じ込めるのだと信じて疑わなかったようだ。それが今までと同じ生活を続けたばかりか、モデルとしてのキャリアを順調に積ませてやっているのだから、不思議で仕方が無いのだろう。

「…僕が、宝をどこかに閉じ込める？」

美鶴が唇をおもむろに吊《つ》り上げるや、佑真はぞくりと背を震わせた。眼鏡の奥の双眸《そうぼう》は、僅かな怯《おび》えを滲ませつつも決して美鶴から逸《そ》らされない。

「宝は僕の子どもだ。…閉じ込めるなら、僕の腹の中じゃなきゃならないだろう？」

宝が宿るべきは、いつだって美鶴の腹の中なのだ。けれど、どれほど願っても叶わぬ以上、無機質な建物如《ごと》きに宝を閉じ込めさせるなど言語道断。宝の望むまま、美鶴の掌《てのひら》の上で大事に慈しんでやる方が遥《はる》かにましというものだ。

しばし美鶴に見惚れていた佑真が、左胸を押さえ、細く息を吐き出した。

「……宝がお前に堕ちてくれて良かったよ。もし万が一他の誰かを選んでたら、屍《しかばね》の山が築かれてただろうからな」

「そうなっても、お前は僕を手伝っただろう？」

「当然。…宝はお前の心身を健やかに保つ、何よりの妙薬だからな」

法の抜け道を知悉《ちしつ》した男は、罪悪感の欠片《かけら》も無しに言い放った。

こういう男だからこそ、長きにわたり美鶴と『友人』でいられるのだろう。美鶴に関わった者はたいていが下僕か雄豚に成り果ててしまうので、それはそれで偉業である。

「…お前は本当に僕の顔が好きだな。だから宝に、柾鷹が僕に似てるなんてよけいなことを言ったのか？」

「あ、…あー、えっと、それは…」

不意討ちを喰《く》らい、盛大に目を泳がせる佑真を、美鶴は更に追い詰める。

「柾鷹のことは宝の耳に入れるな。僕たちが思う以上に、この子は柾鷹を気にしている。これから取り巻く環境がどんどん変わって、ただでさえ大変な時期に、よけいなストレスをかけたくない」

「…すまん。断じて、宝に負担をかけるつもりじゃなかった」

珍しく素直に詫《わ》び、佑真は小さく頭を下げた。宝が普段柾鷹に言及することは無いから、単なるからかいのつもりだったのだろう。

「だがなあ…お前のもう一人の弟、なかなか面白いことをしようとしてるみたいだぞ？」

「…柾鷹が、何を？」

「禿鷲野郎に、接触を試みてる節がある」

美鶴は愛しい子どもを反射的に抱き竦める。

宝とまぐわう光景を見せ付け、さんざん敗北感を味わわせて追い出した後も、柾鷹の監視は続けさせていた。美鶴と同じ血を有する柾鷹があのまま素直に引き下がるとは思えなかったからだが、まさかここでナイジェルと接触するとは。

「今は著名人とでも、ＳＮＳさえあれば気軽に繋《つな》がれる時代だからなあ。…新ブランドの立ち上げも、豚…じゃない、アランとのコラボも、まだ極秘の段階だろう？　なのにしっかり何か嗅《か》ぎ付けちゃうあたり、お前の血を分けた弟だよな」

「…今の段階で、ナイジェルが柾鷹と手を組んでいる可能性は？」

「まず無いと思っていいだろう。だが、あの禿鷲野郎もなかなか勘が鋭いから、柾鷹からのメッセージを無視はしないだろうな」

柾鷹が何をするつもりか、美鶴には手に取るようにわかる。

美鶴と宝が互いを貪り合う、あの写真をナイジェルに提供し、美鶴を脅させるつもりなのだろう。宝との関係をばらされたくなければ、自分の愛人になれと。そして柾鷹は美鶴がナイジェルのものにされた後、傷心の宝に付け込み、恋人の座に収まるつもりなのだ。

「……自分のために、あの写真を悪用することは無いと思っていたんだがな」

「悪用してるつもりなんて無いんじゃないか？　自分はあくまで正義の味方で、お前っていう悪魔から天使を救うヒーローだと思い込んでるんだ。そのためなら何だって使う。……可愛いじゃないか」

舌なめずりせんばかりの呟きに、美鶴は宝の背中を撫でる手を止める。

「…お前、柾鷹を気に入ったのか」

佑真の下には、優秀な頭脳を有する美鶴の下僕たちが何人もいる。柾鷹の監視は彼らに任せているのだと思っていたが、この分ではどうやら佑真自身が受け持っていたようだ。

「見れば見るほど、お前に良く似た造りの顔だからな。勿論お前の方が精緻に整ってはいるが、あれはあれでそそられるし、泣かせたくなるよ。…色々な意味で」

美鶴の美貌は生涯かけて鑑賞すべき芸術品だから汚せないが、模倣品に過ぎない柾鷹なら何をしても心が痛まないと断言する佑真は、悪趣味としか言いようが無い。

…いや、それはお互い様というものか。佑真に目を付けられてしまった柾鷹に…異父弟であり従弟でもある存在に対し、何の憐憫《れんびん》も湧かないのだから。柾鷹の辿《たど》る結末に、半ば予想がつくとしても。

美鶴が可愛いのは宝だけだ。この子だけが、美鶴の心と腹の奥を疼かせる…。

「…ん…、…んー…っ、…おに…ぃ、ちゃん…」

おとなしく腕の中に収まっていた宝が、もぞもぞと顔を上げる。

潤んだ瞳に促されるがまま顔を近付ければ、頬を両手に挟まれ、ちゅう、と唇を重ねられた。一度では終わらず、二度、三度と繰り返されるいとけない口付けに、美鶴は長い睫毛に縁取られた瞼をしばたたく。

「……宝？」

「…おにいちゃん…、駄目。柾鷹のことなんて…、考えちゃ、駄目ぇ……」

いやいやと首を振る宝は、夢現に大人たちの会話を聞いていたらしい。内容まで理解しているのではなく、柾鷹の名前に反応してしまっただけだろうが。

「……大丈夫。僕はいつだって宝のことしか考えていないよ。宝だけが、僕の可愛い子どもだから」

「本、当…？」

「うん。…だから、安心してお休み」

柔らかく口付けてやった瞼が、ゆっくりと閉ざされる。

物心つく前と変わらない寝顔に愛おしさがこみ上げ、小柄だが均整の取れた身体をそっと抱き上げた。引き際を心得た佑真が無言で荷物を纏め、退出するのを見送ってから、愛しい子どもをベッドに運んでやる。

今まで互いの部屋で別々に休んでいたが、思いを通じ合わせて以来、夜はもっぱら美鶴の部屋のダブルベッドで一緒に眠るようになった。宝が自室のベッドを使うのは、美鶴の海外出張中くらいだ。

「…おにいちゃん、おにいちゃん…」

服を脱がせ、パジャマに着替えさせてやる前に、宝の腕が美鶴の首筋に絡み付いてくる。

そのまま胸に顔を擦り付けられれば抗《あらが》えるはずもなく、美鶴は着替えを諦め、宝を抱いてベッドに横たわった。

「…あのね…、あのね、おにいちゃん…」

いつもならすぐ眠りに落ちるはずの宝が、重たい瞼を必死に上げ、たどたどしく訴える。

「うん…？　どうしたの、宝。早く寝ないと、明日起きられなくなっちゃうよ」

「宝が…、守る、からね」

「え……？」

珍しく本気で戸惑う美鶴のシャツを、宝はきゅっと握り締める。

「宝が…、ナイジェルから、おにいちゃんを守るから。…今までずっと宝が守ってもらってたから、今度は、宝の番」

「…宝…」

「……だから、……安心して……、ね……」

呆然とする美鶴を置き去りに、宝は眠りの世界へ旅立っていった。弛緩した身体をきつく抱き竦めてしまいそうになるのを、美鶴はすんでのところで堪《こら》える。

……ああ、本当に……どうしてこの子は、僕から産まれてくれなかったのだろう。

赤ん坊らしくただこの腕の中に居てくれるだけでいいのに、美鶴を守ろうとするなんて。こんなに無垢で健気《けなげ》な子が、汚れた現世で無防備に生きていていいはずがない。美鶴に宿ってくれれば、一生外には出さず、美鶴の愛情だけを与えて育ててやれたのに。

やるせなさと口惜しさを呑み込み、美鶴は宝をしっかり抱き込んで目を閉じる。

この身に宿らせてやれないなら…本当の意味で一つになれないのなら、せめて隙間無く重なっていたかった。

『…よく来てくれたな。ミツル、タカラ』

華やかに飾り付けられた会場に入ると、目敏《めざと》く気付いたナイジェルが人垣を掻《か》き分け、出迎えてくれた。ナイジェルと親交のある人間しか招かれていないはずだが、来日中の『アクイラ』ＣＥＯが主催するパーティーとあって、広々とした会場は着飾った招待客たちで埋め尽くされている。

『こんにちは、ナイジェル。今日はお招きありがとう』

美鶴が微笑めば、ほう、と会場から感嘆の溜息が漏れた。

普段は元モデルらしくやや砕けた服装でいることの多い美鶴だが、今日はベージュのスーツで盛装し、長めの髪もきっちりセットされている。容姿に恵まれたモデルや俳優たちが数多く招かれている中に在《あ》って、聖母が降臨したかのようなその姿はひときわ光り輝き、衆目を集めるのだ。

『俺も一緒にお邪魔しちゃいましたけど……ご迷惑じゃありませんでしたか？』

兄の隣にぴたりと寄り添い、無邪気を装って尋ねる宝は、兄がイタリアの職人にオーダーしてくれたストラップカフスのシャツに、タックの入った細身のジレを合わせ、ネクタイの代わりに幅広のラバリエールを結んでいる。細身のパンツから革靴に至るまで、全て美鶴の見立てだ。普通の男がやったら痛いコスプレだけど、お前だとまんま王子っぽいのがすごいな…とは、車で送ってくれた佑真の感想である。

『ぜひ兄弟で一緒に、と言ったのは私だ。来てくれて嬉しいよ、タカラ』

ナイジェルは薄い笑みを浮かべるが、騙《だま》されてはいけない。美しく装った美鶴に魅了されない人間など、この世に存在するわけがないのだ。

……それに、今日で五回目だし……。

初顔合わせから一月《ひとつき》ほどが経った今も、ナイジェルは日本に滞在していた。時折本拠地であるサンフランシスコに戻りつつも、『レグルス』と『アラン・ガブリエル』の合同コレクションが開催される来年までは東京《とうきょう》を活動拠点にするつもりのようだ。それだけ『レグルス』に力を入れている、ということなのだろう。

その僅か一月の間に、美鶴はたびたびナイジェルからの招きを受けていた。アランや『アクイラ』のデザイナーたちも交えた打ち合わせだったり、会食だったりと理由は様々だが、本当の目的は美鶴を口説き落とすことに決まっている。勿論、正攻法で落ちなければ、権力や腕力に訴えてでも手に入れるつもりなのだ。

そんな横暴を許すわけにはいかない。宝は美鶴がナイジェルのもとに赴く際は必ず同行し、付け入る隙を与えないよう目を光らせた。

『考えすぎだよ、宝。わざわざ僕なんかに手を出さなくても、フェアフィールド氏ならどんな美人でも好きに出来るんだから』

ナイジェルは美鶴を狙っているといくら訴えても、美鶴はそう苦笑するばかりで、まともに取り合ってはくれなかった。だが宝は美鶴に付いてナイジェルと対面するたび、不安を募らせていったのだ。

普段は傲岸不遜な青い瞳が、時折、仄かな熱を帯びる。そんな時、ナイジェルの視線の先に居るのは必ず美鶴なのだ。

今もそう。何とか会話に加わろうとする数多の美しい女性たちに取り囲まれているにもかかわらず、深みを増した青い瞳はこちらだけに注がれている。

……やっぱり、今日も付いて来て正解だった。

仕事絡みの招待ばかりでは、美鶴に本気にしてもらえないとでも思ったのだろう。五回目に当たる今日は、ナイジェルと日頃個人的な親交を持つ人々を集めた内輪のパーティーだった。内輪と言っても高級ホテルのバンケットルームを借り切ったものだし、完全にビジネス色を払拭出来たわけでもないのだが、華やかな空気は意中の人を口説くにはお誂《あつら》え向きだ。…それに、邪魔者の宝から引き離す隙も生まれる。

『今日の服も、とても良く似合っている。アランが見たら、自分のデザインした服を着せたいとまた騒ぎ立てるだろうな』

宝を称賛する間も、どうやってこのお邪魔虫から美鶴を奪い取ってやろうか、社交的な笑みの裏側で計算しているはずだ。

そんなことは絶対に許さない。宝は兄の腕にしがみつき、頬をすり寄せる。

『ありがとうございます。全部兄に見立ててもらったので、誉《ほ》めてもらえて嬉しいです』

牽制《けんせい》半分、本音半分で応じれば、青い瞳が僅かに曇った。少しでもダメージを与えられたのかと喜んだのも束の間、ナイジェルは苦く微笑む。

『君は、本当に…』

『……失礼、ミスター』

何か言いかけた時、ホテルの制服を着た従業員が申し訳無さそうに割り込んできた。こちらに背を向けて短く会話した後、ナイジェルは浮かぬ顔で振り返る。

『…すまない。急用が出来たので、少々抜けさせてもらう』

『ああ…、どうか気にしないで下さい。兄と二人で楽しませて頂きますから』

……やった！　これで今日はクリアだ！

宝は破顔しそうになるのを必死に堪え、足早に去っていくナイジェルを見送った。一応主催者へのあいさつは済ませたのだから、後は適当に時間を潰し、ナイジェルが戻る前に帰ればいいだけである。

「…こら、宝」

思いがけぬ幸運に緩んだ頬を、美鶴の長い指がつんと突いた。そのまま首を傾げる宝に、仕方の無い子だとばかりに美鶴は苦笑する。

「駄目だよ。そんなに嬉しそうに笑ったりしたら」

「…え…、俺、笑ってた？」

「うん、しっかりとね」

ということは、ナイジェルにも笑っているのを気付かれてしまっただろうか。職業柄、表情を作るのは得意なはずなのだが、美鶴が絡むとどうしても自制が利かなくなりがちだ。

「…迷惑かけてごめんなさい、おにいちゃん…」

ナイジェルは許し難い敵だが、同時に兄の大切なビジネスの相手でもある。邪魔をするにしても、必要以上に嫌悪感を抱かれないよう気を付けてきたつもりなのだ。こんなことで『レグルス』の一件がご破算になるとは思えないが、僅かでも兄に不利益が生じたら申し訳無さすぎる。

しょんぼりと項垂《うなだ》れる宝の肩を、美鶴は優しく叩いた。

「宝が僕の迷惑になることなんて、絶対にありえないよ」

「…え…？」

「僕が言いたいのは、人前でそんなに可愛らしく笑っちゃ駄目だってことだよ。誰かに惚れ込まれて、さらわれたりしたら大変でしょう？」

同じ言葉を、そっくりそのまま返してやりたかった。ナイジェルが去った今、代わりに自分こそが『聖母《ヴィエルジュ》』の視界に収まろうと、数多の招待客たちが虎視眈々《こしたんたん》とこちらを窺《うかが》っているのだから。

――おにいちゃんの子どもは、宝だけだ！

声の限りに叫び、美鶴に群がる者たちをことごとく追い払ってしまえたらさぞかし爽快だろう。けれど美鶴が宝を守り育てるために築き上げてきたものを、宝が壊すわけにはいかない。

「……ああ、三枝社長じゃないですか！」

人垣から三十代半ばほどの男が進み出てきたのは、宝がどうにか葛藤《かっとう》を飲み下し、美鶴に取ってもらったシャンパンのグラスに口をつけた時だった。

「お久しぶりです。宝くんと一緒だなんて、珍しいですね」

軽薄な笑みを向けられ、げっと呻《うめ》きたくなるのを堪える。

この男…石田《いしだ》は、若者向けアパレルブランドを手掛ける新進気鋭のデザイナー——と言えば聞こえはいいが、大御所デザイナーである祖父の後ろ盾でデザイナーを名乗っているだけの男だ。今日招待されたのも、祖父の威光によるものだろう。

縁故がものをいう世界だし、宝自身美鶴の七光りに助けられている身だから、そこをとやかく言うつもりは無い。宝がこの男を苦手としているのは、美鶴のみならず、宝にまで絡み付く粘っこい眼差しのせいだ。

おそらく石田もナイジェルと同類で、宝を堕としさえすれば美鶴も自由に出来るとでも思っているに違いない。仕事先で時折顔を合わせるたび、ねちねちと絡まれる。

「ぜひ兄弟で一緒にと、フェアフィールド社長直々のご招待でしたから。この子にも、そろそろこういう場に慣れてもらわなければなりませんし」

宝の苦手意識を知る美鶴は柔らかな笑みを浮かべ、さりげなく背中に庇《かば》ってくれる。だが厚顔な石田は美鶴の無言の拒絶に怯《ひる》みもせず、肩越しに視線を絡ませてくる。

「相変わらず、タイプは違うけど美形兄弟ですよね。そうして二人でいると眩しくて、何だか近寄り難くて…声をかけるのをちょっと躊躇っちゃいましたよ」

「自慢の弟ですから。石田さんにそうおっしゃって頂けると、お世辞でも嬉しいですね」

「いやいや、お世辞だなんてとんでもない！　去年の秋くらいでしたっけ、『リコルヌ』の雑誌広告に兄弟で共演されたのは。あの雑誌、インターネットオークションでとんでもない高値がついてるじゃないですか。…これから兄弟共演が増える予定は、おありなんですか？」

気軽な調子の問いかけには、探るような響きが潜んでいる。

公式の発表はまだだが、ナイジェルの新ブランドの立ち上げや、そこに美鶴と宝の兄弟が絡んでいることは業界でも噂になっているのだと、佑真が教えてくれた。石田がここにやって来たのも、祖父に命じられ、噂の真偽を確かめるためでもあったかもしれない。そこかしこで談笑していた招待客たちも、こちらを気にしているようだ。

「……ふふっ」

小さく笑った兄は、きっとあの『聖母《ヴィエルジュ》』の微笑を浮かべたのだろう。背中に庇われていてもわかる。石田のえらの張った顔が、みるまに真っ赤に染まっていったから。

「僕としては、増えてくれればありがたいですが…こればかりはわかりませんね。僕もモデルとしてはなかなかいい歳になってしまいましたし、『リコルヌ』での共演も、アクシデントが起きたせいで最初の相手役の代理を務めたに過ぎませんから」

「何をおっしゃるんですか。社長は現役の頃と同じ……いえ、今の方がいっそうお綺麗なのに……」

「そんなふうにおっしゃって下さるのは、石田さんくらいですよ」

「……い、いやいや！　皆そう思ってますよ。……なあ!?」

慌てふためいた石田に同意を求められ、聞き耳を立てていた招待客たちがいっせいに頷いた。それがきっかけになったのか、招待客たちは美鶴を独り占めなどさせまいと、石田を押しのける勢いで次々と話しかけてくる。

そつ無く彼らを捌《さば》きながら、美鶴は背中に回した手を振った。人の波が引くまで、どこかに避難していろという意味だ。

兄を一人にするのは気が引けるが、ナイジェルはまだ戻って来ない。少しの間なら大丈夫だろうと判断し、宝は美鶴の指示に従うことにした。宝もああいう人付き合いには慣れなければいけないはずだが、美鶴は昔から弟が仕事以外で不特定多数の人間に囲まれるのをひどく嫌うのだ。

美鶴が招待客たちの注意を惹《ひ》き付けてくれるおかげで、人目に付かず会場を抜け出せた。確か宴会場の裏手は空中庭園になっていて、このホテルの売りの一つでもあったはずだ。同じくパーティーを抜け出した客が居ても、あそこならそうそう鉢合わせすることはあるまい。

チェックアウトの時間帯のせいか、庭園に人影はほとんど無かった。

ほっとして踏み出しかけた足を、宝はぎくりと止める。庭園のちょうど真ん中辺りを流れる人工の渓流のほとりに、ナイジェルが佇《たたず》んでいたからだ。いつも同行している秘書の姿も、今は無い。

『……タカラ？』

『…っ…』

身を翻すよりも早く振り向かれてしまい、宝は逃亡を諦めた。社交的な笑みを作り、じっとこちらを見詰めている男に歩み寄る。

『ミスター・フェアフィールド。こんなところにお一人で、どうされたんですか？』

『一人と言うなら、君も同じだろう。ミツルと一緒でなくていいのか？』

美鶴と一緒でなければ何も出来ないのだろうと揶揄《やゆ》するような口調に、かちんときたりはしなかった。宝は美鶴の赤ちゃんだから、美鶴が居なければ何も出来ないのは真実だ。

『その兄に、少し外の空気を吸って来なさいと言われましたので。…まさかミスターがいらっしゃるとは思いませんでしたが』

主催者のくせに、と言外に責めてやれば、ナイジェルはおどけたように肩を竦めた。

『私だって、たまには息抜きしたくなる時もある』

『皆、ミスターと話したがっていましたけど…』

『だが、その中に君は含まれないのだろう？』

唐突な問いに、さっきまでのからかいの気配は微塵《みじん》も無かった。

『――君は、兄の存在が疎ましくなることは無いのか？』

『そんなの、ありえません』

きょとんとしているうちに更なる問いが重ねられ、宝は即答した。考えるまでもない。兄は宝のたった一人の家族……世界の全てだ。兄を否定するのは、死ぬことと同じである。

まっすぐ宝を見据えていたナイジェルの端整な顔が、微かな苦悶《くもん》に歪んだ。

『……どうしてそこまで無邪気に、兄を慕える？』

『どうしてと言われても……血を分けた兄弟なら、当たり前じゃないですか？』

『それは違うな。…私には無理だったから』

意味がわからず首を傾げると、ナイジェルは苦笑し、手短に説明してくれた。

ナイジェルの父親は英国伯爵の息子だが、三男では爵位も継げず、親の資産も長兄に独占されてしまったため、実家を飛び出しアメリカに渡ったそうだ。新天地で出会った女性と結婚し、さんざん苦労しながらもアパレルメーカー『アクイラ』を設立し、ナイジェルを含む三人の息子たちを育て上げたのである。

三男ゆえに爵位も資産も継げなかった父親は、病を機に引退を考えた時、次男だが最も優秀だったナイジェルを後継者に指名した。結果的にナイジェルは『アクイラ』を単なる国内企業から世界的なアパレルメーカーにまで成長させたのだから、父親の判断は正しかったと言える。

しかし、ナイジェルの兄と弟は納得しなかった。長年にわたり多額の資金援助まで受けたにもかかわらず、自分たちも『アクイラ』の役員に加えるよう訴え、裁判まで起こしたのである。裁判はナイジェルの圧勝で終わったが、昨年父親が病死すると相続分に関して新たな訴えを起こし、今もなお係争中だという。

ナイジェルの兄と弟は父からの援助を元手に会社を興したが、数年も持たずに倒産させている。どう考えても経営の才能には恵まれていない己の身も顧《かえり》みず、ことあるごとに騒ぎ立てて嫌がらせを繰り返し、ナイジェルに関する悪意にまみれた噂をまき散らす二人は、お騒がせセレブとしてあちらのメディアの注目の的だそうだ。…勿論、悪い意味で。

『さっき会場を抜け出したのも、本国の部下から連絡が入ったせいだ。…兄と弟が、自分たちに財産の全てを相続させると記された父の遺言書が出て来たと騒ぎ始めたそうでね』

『遺言書……？』

『むろん、そんなものは存在しない。父の遺言書は、私の弁護士が管理していたもの一通だけだ。裁判の旗色が悪いと見て、起死回生を狙って自分たちに有利な遺言書を偽造したのだろう』

だが、見え見えの偽造であっても、証拠として提出された以上は調査せざるを得ない。それには相応の時間と費用がかかる。

裁判自体は顧問弁護士に一任されているそうだが、審議が続く限りナイジェルは兄弟の動向に悩まされるのだ。多忙を極めるナイジェルにとって、兄弟はストレスの種でしかないのだろう。それはわかるのだが…。

……どうして、俺にそんなことを聞かせるんだろう？

宝は単なるビジネスの相手である。しかも美鶴との間に割り込む邪魔者に、それほど重要な情報を与えてもいいのだろうか。今聞いたことを、宝がマスコミに漏らすかもしれないのに。

宝の困惑を読み取ったように、ナイジェルは薄い唇を皮肉っぽく綻ばせた。

『君は誰にもばらさないだろう？』

『……』

『私と兄弟の事情くらい誰でも…そう、ミツルだって知っている。パパラッチどもに、さんざん面白おかしく書き立てられたからな。日本のメディアでもたびたび紹介されたはずだ。…なのに君は、今私から聞かされるまで何も知らなかった。私に何の興味も無い人間が、わざわざマスコミに私を売り込む手間をかけるとは思えない』

いちいち指摘される通りだったので、宝はもう黙り込むしかなかった。それにしても、美鶴しか眼中に無いとばかり思っていたのに、ナイジェルは意外にも宝を良く観察している。

……きっと、おにいちゃんを手に入れるためだ。

宝は気を引き締めた。

宝と美鶴の本当の関係を知らなくても、ナイジェルは美鶴にとって宝が何よりも大切な宝物だと勘付いている。だからまず宝を見極め、弱点なり弱みなりを握り、美鶴を堕とそうとしているに違いない。ナイジェルは予想よりずっと手強《てごわ》い敵なのだ。

『…ミスターは…、ご兄弟を憎んでいらっしゃるのですか？』

じっと無言で見詰められるのに耐えられず、無理矢理質問をひねり出せば、ナイジェルは一瞬意表を突かれたような表情になった。

『…どうだろう。憎むとか恨むとか、もはやそんな次元ではないな。彼らはただひたすら煩わしいだけの存在だ。私に迷惑さえかけなければどこで何をしていても構わないし、野垂れ死んでも何とも思わないだろう』

『……そう、ですか……』

胸が小さく痛んだのは、思いのほか真剣な答えに自身を重ね合わせてしまったせいだろう。もしも自分が美鶴に煩わしい、どうなっても構わないなどと思われたら…きっと生きてはいられない。

「……おにい、ちゃん……」

思わず漏らした日本語の呟きは、ナイジェルには理解出来なかったはずだ。だがナイジェルは何か小さく呻き、傍らの木に拳《こぶし》を叩き付ける。

『っ…、ミスター……？』

怯える宝にごくりと喉を鳴らし、ナイジェルは青い瞳を眇《すが》めた。伸ばされたその手が宝の頬に触れる寸前、待ち焦がれていた声が背後の庭園入り口から届く。

「……宝？」

「…っ、おにいちゃん……！」

自分を探しに来てくれたのだろう兄に、宝は身を翻して駆け寄った。当然のように抱き留め、ナイジェルから隠してくれる腕が心強くて、スーツの胸に頬をすり寄せる。

「おにいちゃん…、…おにいちゃんっ…」

この世の何よりも宝を安心させてくれる匂いを吸い込んだ瞬間、ナイジェルの存在は消し飛んでしまった。ひしと兄に縋り付き、馴染んだ温もりで恐ろしい妄想を追い払う。

『……ナイジェル。僕の弟が、何か失礼でも？』

問いかけはいつもと変わらず穏やかだが、宝にはわかる。…美鶴は今、とても怒っている。

幼い頃両親が居ないことを馬鹿《ばか》にされた時、母に捨てられた子なのだと貶《けな》された時、兄は決して怒りを露《あら》わにはせず、宝を虐《いじ》めた子たちに今のように問いかけたものだ。そしてその子たちは、いつの間にか宝の周囲から居なくなっているのが常だった。

『いや…、礼を失したのはむしろ私の方だな。――タカラ』

びくん、と反射的に跳ね上がった肩を、美鶴がなだめるように優しく叩いてくれた。そろそろと振り返ったとたん、ナイジェルと目が合ってしまい、宝は慌てて美鶴の胸に顔を埋める。

『悪かった。…君を怖がらせるつもりではなかった』

予想外の言葉に思わず顔を上げそうになるが、美鶴にしっかりと抱き込まれたせいで叶わなかった。早く居なくなって欲しいのに、ナイジェルの気配は背後に佇んだままだ。

『…そうしていると、まるで聖母子のようだな』

しばしの沈黙の後、ぽつりと落とされた呟きは美鶴に対してのものなのか、それとも宝なのか。美鶴は応えず、ただ宝の頭を撫でるだけだ。

『日本人には馴染まない感覚かもしれないが、女性の闇の部分も秘めた神話の女神と違い、聖母は決して誰も責めず、どんな罪も赦《ゆる》し包み込んでくれる存在だ』

『……』

『…しかし、私は思うのだ。誰も責めず、縋ればどんな罪も赦してくれる…そんな都合のいいモノなど、しょせんは人間の願望の産物に過ぎぬのではないかと』

美鶴は相変わらず無言のままだが、ナイジェルは言いたいだけ言って満足したようだ。踵を返し、宝が入って来たのとは反対方向に去って行く。

「……怖かったね、宝。もう大丈夫だよ」

美鶴が抱擁を緩めたのは、ナイジェルの足音が完全に聞こえなくなった後だった。慈愛に満ちた瞳に見下ろされ、安堵に啜《すす》り上げそうになるのをぐっと堪える。

「…ごめんなさい…、おにいちゃん。宝、またおにいちゃんに迷惑かけちゃった…」

「言ったでしょう？　宝が迷惑になるなんてありえないって」

美鶴は宝が落ち着くのを待ち、佑真にメッセージを入れた。すぐさま返信があり、ホテルの地下駐車場まで迎えに来てくれるという。

「…でも…、パーティーは…？　宝、ロビーかどこかで待ってるから、おにいちゃんだけでも…」

「可愛い宝を置いて行けるわけがないよ。…さあ、僕たちの家に帰ろう。ミルクをたっぷり飲んで眠れば、嫌なことは全部忘れてしまえるからね…」

慈愛に満ちた笑みを浮かべる美鶴は聖母そのもので、宝はその胸にぎゅっとしがみつく。

……やっぱり、おにいちゃんは聖母なんだ。

ナイジェルの意味深な言葉なんて信用出来ない。美鶴が聖母でなければ、一体何者だというのか。だって美鶴は、宝をこの世に生み出してくれた。美鶴が居なかったら、母親に捨てられた後、宝は誰にも助けられず死んでいたはずだ。

聖母の美鶴を、きっとナイジェルは狙っている。宝にあれこれ話して聞かせたのも、油断を誘って罠《わな》にでも嵌めるつもりだったに違いない。美鶴を人質にされたら、美鶴はどんな犠牲でも受け入れてしまうだろうから…。

美鶴に肩を抱かれ、地下駐車場に下りると、すでに佑真が待ち受けていた。兄弟と対峙《たいじ》するや、いつものどこかおどけた表情が一気に引き締まる。

「…早く乗れ」

美鶴は無言で頷き、宝と共に後部座席に乗り込んだ。車が地上に出てしばらく経った後、運転席から低く問いが投げかけられる。

「……禿鷲野郎がやらかしたか？」

「ああ。……予定を早めた方が良さそうだ」

応じる美鶴の声は、膝に乗せた宝の額を撫でてくれる手とは裏腹にひどく冷たい。

……禿鷲野郎って何だろう。予定って？　おにいちゃんはどうして、そんなに怒っているの？

兄とその親友に確かめたいことはたくさんあったが、昔から美鶴に膝枕をしてもらうと、たちどころに眠くなってしまう。

「…おに…ぃ、…ちゃ…ん……」

押し寄せる眠気に抗えず、うとうとと閉じた瞼に、柔らかな唇がそっと触れた。


ナイジェルのパーティーに参加してから、今日で半月。

その間、宝は大学の講義を全て休み、どうしても外せない仕事以外では一歩も外に出ない生活を送っていた。美鶴にそう命じられたからだ。

『可哀想に、宝……』

――パーティー会場から帰宅した後、宝から空中庭園での出来事を聞き出すと、美鶴は震える宝をきつく抱き締めてくれた。帰って早々、下肢だけを裸に剝《む》き、ろくろく慣らしもしない蕾に怒張した刀身を捻《ね》じ込みながら。

『でも大丈夫。…僕はナイジェルとは違う。宝を煩わしく思う日なんて、絶対に来ないから』

『…本当…？　おにいちゃん、ずっと宝だけのおにいちゃんでいてくれる？』

『勿論。宝は何も心配しないで、いい子にしていてくれればいい。…怖いものは全部、僕が失《な》くしてあげる』

泣きじゃくる宝に、美鶴は求められるがまま何度もミルクを飲ませてくれた。おかげで宝はお腹いっぱいになり、美鶴の腕の中で安らかな眠りにつけたのだ。

翌朝、蕾に朝のミルクを注いでもらう感触で目覚めた時には、ナイジェルに植え付けられた恐怖は消え去っていた。もう何の問題も無く講義でも仕事でもこなせると思ったのに、美鶴に止められてしまったのだ。

『心に刻まれた傷は、そう簡単に癒えるものじゃない。自分では平気だと思っていても、突然ぶり返すこともあるんだ。…僕の可愛い宝は繊細だから、心配なんだよ』

兄に涙まで流されては、拒み通せるはずもない。ほぼ引きこもりの生活は、そうして始まったのだ。

『ヴィエルジュ』の社長である美鶴はさすがに出勤せざるを得ないものの、極力仕事を早めに切り上げ、夕方には帰って来てくれる。それから翌朝まではずっと一緒だ。美鶴の膝の上で食事を取り、入浴し、ミルクもたっぷり飲ませてもらう。兄弟二人の肌は片時も離れない。

ナイジェルによって深く深く傷付けられた宝の心は、美鶴に包まれていなければ砕け散ってしまうと、美鶴が教えてくれたのだ。離れ離れになっている間も、常に美鶴を心に宿していなければ壊れてしまうと。

だから今朝《けさ》も美鶴を送り出した後、美鶴に贈られた『大公の聖母』の絵を抱き締め、美鶴の匂いの残るベッドに横たわっていた。転寝《うたたね》から目覚めては美鶴がまだ帰宅していないのに消沈し、再び眠ることの繰り返しだ。

……おにいちゃん、早く帰って来てくれないかなあ……。

今朝家を出る時、今日は少し帰りが遅くなるかもしれないと言っていた。宝を待たせてまでこなさなければいけないのなら、よほど重要な予定があるに違いない。だから早く帰って来てとわがままも言えなかったけれど、陽《ひ》が傾くにつれ、宝の寂しさもだんだん募っていく。

「…おにいちゃん…、大好き…」

額縁の中で微笑む聖母にそっと口付ける。

美鶴の現役時代に刊行され、今もなおロングセラーを続ける写真集や、プライベートな写真も勿論あるが、この絵が一番良く美鶴を表していると思うのだ。本当の赤ん坊になって兄の腕にすっぽり収まれたら、どんなに安心出来るだろう…。

「え…っ、おにいちゃん…!?」

枕元に置いていたスマホがふいに着信を告げ、宝はがばりと跳ね起きた。一人で待つ宝が寂しくならないよう、美鶴は外からたびたび電話をくれるのだ。

だが、表示された名前を見た瞬間、喜び勇んで液晶画面をタップしかけた指はぴたりと止まる。

「……柾鷹？　どうして……」

宝が美鶴の一番可愛い子どもにしてもらうところを見せ付けてやってからというもの、柾鷹は宝の前に現れるのはおろか、メッセージすら一度も寄越していない。自分は絶対美鶴の子どもにしてもらえないのだと現実を付きつけられたのだから、宝には二度と顔を見せられないだろうと思っていたのに。

「……もしもし？」

無視せず電話を取ったのは、胸が妙にざわついたせいだ。繋がった電話の向こう側で、息を呑む音に続き、懐かしい声が聞こえてくる。

『…兄さん。出てくれて良かった』

「……今更、何の用？　おにいちゃんなら留守だけど」

『美鶴なんかに用は無いよ。…なあ、兄さん。今から俺の家に来れないか？』

「は……？」

兄などと呼ばれるのも、こうして電話越しに話すのすら煩わしいのに、どうしてじかに会ってやらなければならないのか。しかも、柾鷹の家に出向いてまで。

通話を切りかけた時、ぽん、とスマホが鳴った。

『今、メッセージを送ったから見てみろよ』

促されるまま表示した新着メッセージには、何枚かの写真が添付されていた。映っているのは柾鷹が好んで撮っていた風景ではなく、生まれたままの姿で絡み合う美鶴と宝――柾鷹が股間を膨らませ、泣きじゃくりながらも執拗に撮っていったあの写真だ。

……これで俺を脅すつもりなのか？　でも、どうして今になって……。

『――それ、ナイジェル・フェアフィールドに送ってやったから』

勝ち誇ったように告げられ、宝の背筋は凍り付いた。わなわなと震える喉を手で押さえ、冷静な声を絞り出す。

「…どうして、あの人に…」

ＳＮＳを使えば、ナイジェルと知り合うこと自体は不可能ではない。ナイジェルのＳＮＳには日々膨大な数のメッセージが寄せられているだろうし、映像界ではそれなりに名が売れているとはいえ、一介の学生に過ぎない柾鷹にわざわざレスポンスを寄越すなど普通はありえないのだが。

新ブランド設立の情報が秘匿されている今、ナイジェルと美鶴の繋がりを知るのは、互いの内部の人間くらいのはずだ。何故《なぜ》柾鷹如きが勘付けたのか。

『ナイジェルがアラン・ガブリエルと親交があるのは、誰だって知ってることだ。そのナイジェルが半月以上日本に滞在していて、アラン抜きで何度も美鶴や兄さんと会っている。…何か絶対に大きなプロジェクトが絡んでいるに違いないと思ったよ』

「…柾鷹…、お前…」

半年前、宝に纏わり付いていた頃からは想像もつかないほど暗く粘ついた声音に、肌がぞわりと粟《あわ》立《だ》った。柾鷹の父親——美鶴と宝の叔父でもある海斗《かいと》は報道カメラマンだと聞いている。マスコミと深い関係を持つ父のコネとSNSを駆使すれば、ナイジェルの動向を追うのは可能だろう。

　だがそれには、膨大な手間と忍耐力、そして時間がかかるはずだ。撮影しか眼中に無かったはずの柾鷹を、何がそこまでかり立てたというのか。

　……あ…っ…、まさか……！

　恐ろしい予想が閃き、スマホを取り落としそうになった。今朝、美鶴が遅くなると言っていたのは、ナイジェルに呼び出されているからではないだろうか。

『……ミツル。大切な弟を地獄に叩き落としたくなければどうすればいいか……わかっているな？』

　一瞬にして描き出された妄想の中で、ナイジェルが不敵に笑った。青い瞳は獰猛《どうもう》な捕獲者の光を宿し、ぎらぎらと輝いている。

『ナイジェル……僕はどうなっても構いません。どんな命令にも従います。ですからどうか、弟だけは……』

　柾鷹が送った写真を突き付けられた美鶴は抗えず、ただ胸の前で手を組み合わせ、懇願するのみだ。白い頬に真珠のような涙を伝わせ、聖母よりも清らかなその姿に、ナイジェルはごくりと息を呑む。

『…いい覚悟だ。ならば思い知れ。今日からお前は、この私の愛人だ。弟とは二度と会わせない』

『……ああ、宝……』

　くいと顎を持ち上げられた美鶴の唇と、ナイジェルのそれが重なり合う。やがて美鶴はされるがままベッドに押し倒され、舌なめずりをしたナイジェルに覆いかぶさられて——。

『…俺の家に、来たくなった？』

やや間を置いて投げかけられた問いは、微かな愉悦を滲ませていた。この悪魔、と罵ってやりたいのを堪え、宝はスマホを握り締める。

……柾鷹なんかに負けちゃ駄目だ。おにいちゃんは、宝が守る。

「……三鷹《みたか》の家に、行けばいいんだな？」


一時間ほど後、宝は新宿《しんじゅく》駅にほど近いマンションに辿り着いていた。

今の柾鷹は以前美鶴と一緒に弔問に訪れた三鷹の実家を出て、このマンションで一人暮らしをしているのだそうだ。三月に高校を卒業した後、かねてから声をかけられていた映像制作会社と契約したのを機に、独り立ちを決めたのだという。

お前高校卒業してたのか、と呟くと、あんたは本当に美鶴以外のものに欠片も関心が無いよな、と電話の向こうでぼやかれたものだ。似たような遣《や》り取《と》りをナイジェルともした覚えがあるが、美鶴以外に関心を持てないのは当たり前ではないか。宝は美鶴の赤ちゃんなのだから。

「……久しぶりだな、兄さん。また会えて嬉しいよ」

エントランスのオートロックをくぐり、教えられた五階の部屋の前に立つと、インターホンを押すまでもなくドアが開いた。

思わず漏れそうになった悲鳴を、宝はかろうじて呑み込む。心底嬉しそうに笑う柾鷹は、以前は確かにあった甘えやあどけなさがごっそり削《そ》ぎ落とされ、まるで別人に成り果てていたからだ。

……おにいちゃんに、似てきたような……。

相変わらず垢抜《あかぬ》けないままだが、筋肉がついて顔のラインがシャープになったせいか、全体的な空気が美鶴に似てきた気がする。ただし美鶴が聖母なら、こちらは悪魔だ。見る者に嫌悪と恐怖しか抱かせない笑みなんて、美鶴は絶対に浮かべない。

「…ナイジェルは今、おにいちゃんと一緒なのか？」

あいさつをする間すら惜しんで切り出せば、柾鷹はくっと喉を鳴らした。

「そのはずだが…詳しい話をする前に、上がったらどうだ。他の入居者に聞かれたらまずいだろ？」

俺は全然構わないけど、とうそぶく柾鷹を押しのけ、宝はずかずかと部屋の中に上がり込んだ。たった半年の間に、外見のみならず中身まで変わり果ててしまったようだ。今も昔も疎ましいのに変わりは無いけれど、少なくとも半年前はこれほど苛立たされたりはしなかったのに。

ミニキッチンから続くフローリングのワンルームは、ほとんど空っぽだった。家具らしい家具は商売道具だろうカメラや周辺機器が整然と収められた棚くらいで、あとは床に大きめのスポーツバッグと寝袋があるきりだ。

都心の駅近物件にしては広いだけに、よけいがらんとして見える。不気味なくらい生活の匂いがしない。

「お前、本当にここに住んでるのか…？」

「男の一人暮らしなんてこんなものだろ。寝に帰ってるだけだし……ああ、でもあんたが引っ越して来たら、好きな家具をいくらでも入れていいぜ」

「……はっ？」

一瞬、自分の耳が変になったのかと思ったが、おかしくなったのは柾鷹の方だった。呆気に取られる宝の頬に手を滑らせ、うっとりと微笑む。

「もっと広くて新しいところが希望なら、新しいマンションを探してもいいな。金なら今まで貯《た》めたものと、母さんの遺産もあるから心配するな」

「…おい…、柾鷹…」

「母さんだって、俺とあんたが一緒に暮らすようになれば喜んでくれるはず…」

「…柾鷹っ！　いい加減にしろ！」

宝は柾鷹の手を勢い良く払いのけ、きっと睨《にら》み付けた。こうしている間にも、美鶴がナイジェルの毒牙にかかっているのだ。柾鷹如きに関わり合っている暇など無い。

「俺は、ナイジェルとおにいちゃんが今どこに居るのか聞くために来たんだ。お前の妄想を垂れ流されるためじゃない…！」

「…聞いて、どうするつもりなんだ？」

「決まってるだろ。おにいちゃんを助けに行くんだよ！」

わかりきったことをいちいち尋ねる柾鷹に苛々する。いっそポケットに忍ばせてきたものを使ってやろうかと半ば本気で考えた時、柾鷹は盛大に吹き出した。

「ふふ…っ、はは、ははははっ……！　あんた、相変わらず美鶴に洗脳されてるんだな。あいつに助けなんて必要無いに決まってるじゃないか。…だってあいつは、悪魔なんだから」

「…っ、悪魔はお前の方じゃないか。おにいちゃんに選んでもらえなかったからって、逆恨みして、こんな真似を、…っ…」

怒りに満ちた罵倒を途中で呑み込んだのは、長い前髪の奥の双眸が不気味な光を湛《たた》えたせいだ。たじろぐ宝を満足そうに見詰め、柾鷹はゆっくりと唇を吊り上げる。悪魔の微笑が、聖母《あに》のそれに重なる。

――まるで似ていないのに。柾鷹など、美鶴の足元にも及ばない邪魔者のはずなのに。

「…あいつに騙されるのもいい加減にしろよ、兄さん」

「ま…、柾鷹…」

「あんたは天使だから、悪魔に騙されるのは当然かもしれないけど…俺が好きなのは…欲しいのは、美鶴じゃない。あんたなんだよ、兄さん。これだけは絶対に否定させない」

毅然《きぜん》と断言する柾鷹は、美鶴の可愛い子どもにしてもらえなかったから、心にも無い偽りを並べて宝を翻弄しているのだ。半年前の宝なら一笑に付し、相手にもしなかったに違いない。

けれど、美鶴とよく似たその瞳の奥に滾《たぎ》る熱情は。狂おしいまでの愛おしさは、欲望は……美鶴が宝にミルクを飲ませてくれる時と同じ……。

――宝。

くらくらしかけた頭に鳴り響いた優しい声音は、まさに救いの神だった。

——僕の宝。宝だけが、僕の可愛い子どもだよ。

「…おにいちゃ、…ん…」

呟いたとたん、心を蝕《むしば》みかけていた恐怖も不安もさあっと霧散していく。残されたのは、この世で唯一、宝を一番可愛い子どもと呼んでくれる人への思いだけだ。

たとえ兄との関係が露見し、世界じゅうの人々から後ろ指をさされても、宝は美鶴と共に在ることを選ぶ。美鶴以外の誰かにどう思われようと、痛くも痒《かゆ》くもない。

けれど美鶴は…優しく愛情に満ち溢《あふ》れた聖母そのものの兄は、宝に何不自由の無い生活を続けさせるためならば、自己犠牲も厭《いと》わないだろう。写真の流出と引き換えに愛人になれとナイジェルに迫られれば、その身を差し出してしまう。…そんなこと、宝が望むはずもないのに…！

「…美鶴は今頃、ナイジェルのものにされてるよ。ナイジェルなら、美鶴を誰も知らない場所に囲って、一生閉じ込めておくのだって簡単だ」

勝利を確信したのか、柾鷹は俯《うつむ》いた宝がポケットの中を探っているのに気付く様子も無い。兄の勧めで最近伸ばしている髪を掬《すく》い上げ、指先で弄《もてあそ》ぶ。

「美鶴は二度とあんたのところに戻って来ない。あんたは一人だ。…だから、俺と一緒に…」

「——黙れ」

宝はポケットから取り出した折りたたみナイフを素早く開いた。念のため、ここに来る前に購入しておいたものだ。鋭いその刃が押し当てられたのは、ぎょっとして後ずさった柾鷹ではなく、宝自身の喉元である。

「今すぐ俺をおにいちゃんとナイジェルのところへ案内しろ。…じゃないと、ここで死ぬ」

「…に…っ、兄さん、何を言って…」

「冗談だと思うなら、それで撮ってみろよ。お前、撮った奴の本性が見えるんだろ？」

ひたと睨み据えたまま、棚のカメラをしゃくってやる。立ち竦んでいた柾鷹はよろめきながら棚にもたれかかり、取り出したカメラを震える手で構えた。

「そんな…、…嘘、だろ…？　あんた、本気で美鶴なんかのために…」

シャッターを切った瞬間、限界まで見開かれた柾鷹の双眸から涙が溢れた。かつて柾鷹はフレーム越しの宝に白い翼が生えて見えたと言っていたが、死神の鎌に捕らわれかけた宝でも見えてしまったのか。

「…俺は、おにいちゃんが居るから生きてる。おにいちゃんを他の誰かに奪われてまで、生きる意味なんて無い」

「兄さん…、俺は…っ…」

「もう一度だけ言う。おにいちゃんとナイジェルのところへ案内しろ」

……待っててね、おにいちゃん。すぐに宝が助けてあげるから。

決意の炎を燃え上がらせ、宝は刃を喉に食い込ませた。

柾鷹が宝を連れて行ったのは、先月アランたちに引き合わされた渋谷駅近くのホテルだった。あのロイヤルスイートルームは日本滞在用にアランが年間を通して確保してあるそうで、アランの帰国後はナイジェルがそのまま借り受けていたのである。

この手のホテルのセキュリティは厳しく、中に居るはずの美鶴に会いたいと言っても決して通してはもらえない。

だが会食の際にも応対してくれた執事は、柾鷹の顔を見るや、すんなり部屋まで案内してくれた。ナイジェルとSNSで知り合った後、何度かじかに会って打ち合わせでもしていたのだろう。…美鶴と宝を、罠に嵌めるための。

「…本当に行くのかよ、兄さん…」

執事が綺麗なお辞儀をして去った後、重厚な木製の扉の前で、柾鷹は往生際悪く呟いた。焦燥に澱《よど》んだ目は、柾鷹のマンションを出た時からずっと宝の喉元に釘付《くぎづ》けだ。

持参したスカーフで隠されたそこは、ごく浅くだが皮膚が切り裂かれ、今もじわじわと血を滲ませている。痛まないのか、病院に行かなくていいのかと柾鷹にはタクシーでの移動の間じゅう心配されたけれど、今の宝は痛みなど感じない。…美鶴が味わっているだろう苦痛に比べたら、この程度、傷のうちにも入らないのだから。

「くどい。早くしろ」

宝は腕を組み、傲然と顎をしゃくった。

間断無く続く痛みのせいなのか、さっきから頭がぼうっとして、妙に気持ちが刺々《とげとげ》しくなっている。怒りとはまた違う、自分の邪魔をする者を痛め付け、ひいひい鳴かせてやりたいこの衝動は……一体、何なのだろう？

「…でも…、……わかった」

柾鷹はなおも抗おうとしたが、宝がナイフを仕舞ったポケットに触れるだけで引き下がった。ふんと鼻を鳴らし、宝は柾鷹が恐る恐る開けたドアをくぐる。

『……、グ…ッ…、ゥ……』

「っ……！」

左手から微かな呻き声が聞こえた瞬間、宝はだっと走り出した。会食で使ったダイニングルームはエントランスの右手だったから、あちらはおそらく……ベッドルームだ。

……おにいちゃん、おにいちゃん、おにいちゃん、おにいちゃん。

走りながら折りたたみナイフを開き、きつく握り締める。見開いた双眸からとめどなく流れ落ちる涙が宙を舞い、シャンデリアの灯《あか》りにきらきらと輝いた。

……ナイジェルなんて、殺してやる。殺す、殺す、殺す……だけじゃ……、足りない……？

そうだ、聖母《みつる》を汚しておきながら、ただ殺されるだけではとうてい罪など償えない。胸の奥に渦巻くこのどろどろとした衝動のままいたぶり、踏みにじり、悲鳴を上げさせてやらなければ。美鶴の前で、死んだ方がましというくらいの醜態を晒《さら》させてやらなければ。

「…おにいちゃん…っ…！」

ドアを乱暴に開き、ベッドルームに駆け込むや、汗と精液の混じり合った独特の匂いが微かに漂ってきた。

キングサイズのベッドの下、猿ぐつわを噛まされた全裸の男が上半身を縄で緊縛され、跪《ひざまず》かされている。背中から伸びた縄の先端を、背後に立つ男が握っていた。まるで、犬を散歩させる飼い主のように。

そしてベッドの縁《ふち》に腰掛け、長い脚を組み、緊縛された男を悠然と見下ろしているのは……。

「…お…、…おにいちゃ、…ん…？」

「美鶴…、…なのか…？」

弟たちの呼びかけに、美鶴はゆっくりと振り返った。その美貌を彩る微笑がいつにも増して清らかに光り輝いて見えるのは、目の前に醜悪極まりないオブジェがあるせいだろうか。

全裸の男の上半身を雁字搦《がんじがら》めにする複雑な縄目は、両胸の頂《いただき》だけを避けているせいで、男にしては綺麗なピンク色の乳首が強調されてしまっている。無駄な贅肉《ぜいにく》の無い、モデル顔負けの均整の取れた体格だけに、よけいに卑猥《ひわい》さと滑稽さが際立っていた。

そして剝き出しの下半身…その中心のモノはなかなかの質量と大きさを誇るにもかかわらず、力無く萎《しお》れ、ぽたぽたと白い雫《しずく》を垂れ流し、敗者の空気をまき散らしている。

負け犬そのものの姿を晒すのは、ついさっきまでこの手で殺してやろうとまで思い詰めていた相手――ナイジェルだと、宝は少し経ってようやく理解した。ブラインドを閉め切った室内が薄暗いせいではなく、今までの自信に満ち溢れた姿とはあまりにもかけ離れていたせいだ。

『…ッ、…、ウ、…ウウッ…』

侵入者に気付いたナイジェルが苦悶の呻きを漏らす。さっき聞こえてきたのは、美鶴ではなく、ナイジェルの悲鳴だったのだ。

ならば、ナイジェルを鳴かせていたのは。——誇り高い貴族の末裔を緊縛し、下僕の如く跪かせていたのは……。

「おいで、宝」

「…行くな、兄さん！」

美鶴がその白い手を差し伸べたのと、我に返った柾鷹が血相を変えて宝の腕を摑《つか》んだのはほぼ同時だった。立ち尽くす宝をがくがくと揺さぶりながら、必死に訴える。

「さすがのあんたも、これでわかっただろう⁉　あいつは慈悲深い聖母なんかじゃない、性悪な悪魔なんだよ…！」

「…悪魔…？」

宝はこくりと首を傾げた。

柾鷹は何を騒いでいるのだろう。美鶴のどこが悪魔だというのか。だって美鶴は。…美鶴は…。

「邪魔。退《ど》いて」

「うわ…っ…⁉」

絡み付く柾鷹の腕を振り解《ほど》き、宝は踊るような足取りで美鶴に歩み寄った。立ち上がって迎えてくれた兄の腕の中に、何の躊躇いも無く飛び込む。

「おにいちゃん、おにいちゃん…！　無事で良かった。宝、すごく心配したんだよ。おにいちゃんがナイジェルに、…け、…汚されたんじゃないかって…」

「それでここまで来てくれたんだね。心配させてごめんね。…僕の宝は、本当に優しい、可愛い子どもだ」

いい子、いい子と頭を撫でられ、涙が溢れた。さっきまでとは違う、安堵と歓喜の涙だ。切れ切れに呻くナイジェルも、振り払われた衝撃でへたり込んでしまった柾鷹も、まるで気にならない。

……良かった。おにいちゃん、ナイジェルに汚されてない……！

しっかりとボタンの嵌められた美鶴の白いシャツには乱れも、染みの一つも無く、馴染んだ兄の匂いしかしない。美鶴はナイジェルの卑怯《ひきょう》な脅しに屈しなかったのだ。毅然と対抗し、宝のために身を守ってくれた。…宝と同様、世界じゅうを敵に回しても添い遂《と》げたいと思ってくれたのだ。

美鶴の弟で良かった。美鶴の可愛い赤ちゃんで良かった。

美鶴のお腹から生まれて来られなかったことだけは悲しいけれど、こんなにも愛されて、宝は世界で一番幸せな子どもだ。

「…何で、だよ…」

至福に浸る宝を呆然と見上げていた柾鷹が、わなわなと喉を震わせた。

「どうして…、こんなものまで見せられて、そいつを信じられるんだよ…。おかしいだろ…？　おかしい、おかし…っ」

「――はいはい。はしゃぐのはそのくらいにしておけよ、坊や」

ナイジェルの縄の端を握ったまま沈黙を保っていた男が、床にうずくまった柾鷹に近付き、その股間をおもむろに踏み付けた。

「ひ…、あぁぁぁ……っ!?」

悲痛な叫びに恍惚《こうこつ》の笑みを浮かべる男が佑真だと気付くまで、少し時間がかかってしまった。

だって宝の知る佑真は…もう一人の兄にも等しい男は、他人を傷付けて歓《よろこ》んだりしないし、獲物を前にした肉食獣みたいに舌なめずりもしない。しょっちゅうからかってくるし、何を考えているのかわからないところもあるけれど、根はいい男のはずなのに。

「坊やのおいたのせいで、女王様はただでさえお怒りなんだ。過度の怒りは心身に多大な負荷をかける。…俺の大事な芸術品を劣化させる要素は、ことごとく排除しなくちゃならないんでね」

「い…っ、痛い、痛い痛い痛い…っ…」

「……ああ、いいな。思った通り、苦痛に歪んだ顔の方が美鶴によく似ている」

佑真は膝をつき、悶《もだ》える柾鷹の顎を掬い上げる。

眼差しが強制的に重ね合わされるや、柾鷹はひくっと喉を震わせ、ひっきりなしに漏らしていた悲鳴を呑み込んでしまった。こちらに背を向けた佑真は、一体どんな顔をしているのか。気にはなったが、確かめている暇は無い。微かに眉を顰《しか》めた美鶴が、抱擁を解き、宝のスカーフを取り去ってしまったから。

「……宝、これは……」

「っ…、ごめんなさい……!」

長い睫毛が悲しげに震えるのを目の当《ま》たりにした瞬間、とてつもない後悔に襲われ、宝は兄の胸に縋り付いた。自ら薄く肌を切り裂いたあの時、確かにあったはずの高揚感は綺麗に消え失《う》せてしまっている。

…どうして、自分で自分を傷付けるような真似が出来たのだろう。この身体は、この身体は…。

「…おにいちゃんが、産んでくれたのに」

「……、宝……」

「宝の身体は…、おにいちゃんが産んで、育ててくれたのに…、き、…傷付けたりして、ごめんなさい…っ…」

そうだ。幼い宝に、美鶴は何度も教えてくれたのだ。

——宝をお腹から出したのは、居なくなってしまったお母さんだよ。…でも、宝は僕のために生まれてきてくれた子だから、宝を本当に産んだのは僕なんだ。

確か、学校で母親に捨てられた子だと虐められ、泣いて帰った日のことだ。いい匂いのする胸に優しく抱き締められただけで傷付いた心は癒え、喜びに満たされた。

宝の身も心も、産んでくれた美鶴のもの。自ら傷付ければ、美鶴は悲しむに決まっている。

そんな当たり前のことさえわからなくなっていた宝は、相当追い詰められていたのだろう。つくづく、柾鷹が憎らしい。

「この傷…、宝が自分で…？」

「……うん。柾鷹から、おにいちゃんの居場所を聞き出したくて……」

おかげで宝はここに駆け付けられたのだが、だからと言って美鶴からもらった大切な身体を傷付けた罪が消えるわけではない。叱責を覚悟して項垂れる宝の背中に、長い腕が回される。

「…同じことは二度としないと、約束してくれる？」

「お…、…おにいちゃん？」

「宝は僕の大切な子だ。宝が傷付けば、僕は僕自身を切り刻まれるよりもつらい。……わかってくれるね？」

「う…、うん！　うん、おにいちゃん……！」

歓喜がこみ上げ、宝は美鶴の胸に顔を埋める。…兄に許してもらえて良かった。もし許してもらえなかったら、宝は生きる意味を失い、命を絶つしか無いのだから。

「……は…ぁ…、おにいちゃん、……おにいちゃん……」

安心したら何だかお腹が空いてきて、シャツ越しに兄の胸に吸い付く。ちゅうちゅうとしゃぶり上げれば、いつもの美鶴なら自らボタンを外して吸わせてくれるのに、今は背中をなだめるように撫でるだけだ。

……こいつらのせいだ。

美鶴にしがみついたまま、宝は背後の男たちを憎々しげに睨み付けた。

いつの間にか床に転がされた柾鷹は股間に佑真の靴先をめり込まされ、喘ぎつつも宝を縋るように見詰め、ナイジェルもまた荒い息を繰り返しながら潤んだ眼差しを宝に…美鶴の胸を吸って濡れた唇に注いでいる。縄が緩んだのをいいことに前のめりになり、食い込む縄目に悶え、萎えた肉茎を勃起させたその有様は、普段の覇気に満ちた姿を知るだけに滑稽極まりない。

……気持ち悪い、気持ち悪い気持ち悪い気持ち悪い！

猛烈な嫌悪とおぞましさに襲われ、宝は美鶴のシャツをきゅっと握り締めた。こんな奴らが居るから、美鶴は宝にミルクを与えてくれないのだ。

「…ねえ、おにいちゃん。こいつら、早くどこかにやっちゃおうよ」

たどたどしい口調でねだる宝に、美鶴は苦笑する。

「そうしたいのは山々なんだけどね。きちんと懲らしめてやらないと、この二人はまた馬鹿なことをしでかすから」

「懲らしめる…？」

「そうだよ。僕と宝を引き離すなんて愚かなことを二度と考えないように、躾けてあげないといけないでしょう？」

ナイジェルに呼び出され、佑真と二人でここを訪れたのもナイジェルを躾けてあげるためだったのだと明かされ、宝は心の底から感動した。

ナイジェルみたいなろくでなしをわざわざ躾けてやるなんて、美鶴はどこまで慈悲深いのだろう。やっぱり兄は、現世に舞い降りた聖母に違いない。

　でも……。

「…おにいちゃん。宝がやる」

「……え？」

「こんな奴のために、おにいちゃんが汚れるなんて嫌だもの。…宝が、おにいちゃんの代わりにナイジェルを躾ける。おにいちゃんを、守ってみせる」

驚きを露わにした美鶴を見るのは、何年ぶりだろう。宝はこくんと一つ頷き、美鶴から身を離すと、後ろ手に縛り上げられたナイジェルの肩をおもむろに蹴り飛ばす。

『グゥゥッ……！』

醜い悲鳴と共に仰向《あおむ》けで倒れたナイジェルを、宝は冷ややかに見下ろした。一糸纏わぬその股間のものがむくむくと勃起していく光景は醜怪としか言いようが無いのに、微かな高揚を覚えるのは、ナイジェルほどの男をそうさせているのが自分だとわかるからだろうか。

『フ…、ウッ、ウゥッ……』

『……煩い。喚かないで』

嫌悪に眉を寄せ、ブーツの靴底で太股を踏み付けてやるが、ナイジェルは口を噤《つぐ》むどころかますます盛大に喚き散らす。立派な股間のものを、ぶるんぶるんと震わせながら。

さっき美鶴に躾けられていた時はこんなに煩くなかったはずなのに、やはり宝では兄の代わりなど務まらないのだろうか。

「あはは…っ、ははははっ……！」

落ち込みかけた時、佑真が腹を抱えて哄笑《こうしょう》した。

「なかなか素質があるじゃないか。さすが、女王陛下の子どもだ」

「女王陛下？」

何のことかわからず首を傾げると、佑真は美鶴を片手で拝む真似をし、握ったままの縄をぐいと引っ張った。だらしなく伸びていたナイジェルは上半身を引きずられ、強制的に起き上がらせられる。

『ウグ…ッ、ウウッ……』

「何でもない。…なあ宝、この禿鷲野郎、美鶴に何て言ったと思う?」

束の間、ナイジェルに投げかけられた眼差しには、紛れも無い憐憫《れんびん》が込められていた。宝がその意味を悟る前に、佑真は再び口を開く。

「——兄弟で出来てることをばらされたくなければ、兄弟揃《そろ》って自分の愛人になれ、って迫ったんだぜ」

「…、何だって…!?」

愕然としたのは、宝だけではなかった。急所を佑真に制圧されたままの柾鷹もまた身をよじり、非難の眼差しをナイジェルにぶつける。

「そんな…! 約束が違、…ぐぁぁっ!」

くぐもった声を、佑真は股間を靴先でぐりぐりと抉って中断させた。容赦無い制裁を加えているのに、眼鏡の奥の双眸が不思議と優しげなのは、柾鷹の顔が美鶴と似ているせいなのだろうか。

「……許さない」

無意識に漏れた呟きは日本語だったが、宝の怒りはじゅうぶん伝わったのだろう。びくんと震えるナイジェルを、宝は乱暴に蹴った。ありったけの力で、何度も何度も。

……宝とおにいちゃんを一緒に愛人にするなんて、おにいちゃんの心を深く傷付けるために決まってる。そうやって、おにいちゃんを恐怖と悲しみで支配するつもりなんだ……!

何という横暴。何という非道だろう。そこまでして聖母《みつる》を汚そうと目論むナイジェルもまた、柾鷹と同じ悪魔だ。いくら痛め付けてやっても足りない。

夢中でナイジェルを蹴り続ける宝の肩を、美鶴が背後からそっと抱き締めた。

「……宝。もうやめて」

「おにいちゃん……!?」

こんな悪魔まで許してやろうというのか。いくら聖母でも優しすぎる。…宝は絶対に許せない。美鶴を汚し、貶《おとし》めようとした罪人どもを、決して…!

「違うよ、宝。…そのやり方じゃ、ただ痛め付けるだけだ」

「…痛め付けるだけじゃ、駄目なの？」

「うん、駄目だよ。だってその男は人間じゃなく、豚……獣《けだもの》だから。獣には獣らしい躾け方が、ちゃんとあるんだよ」

美鶴が目配せをすると、心得た佑真はナイジェルを抱え上げ、近くにあった椅子《いす》に座らせた。慣れた手付きでナイジェルの上半身を背もたれに縛り付ける間、柾鷹は自由の身にもかかわらず動こうとしない。

…いや、動けない。眼鏡のレンズ越しの仄暗い眼差しに、搦め捕られて。

『ねえ、宝。ソレのこと、どう思う？』

滑らかな英語に切り替え、美鶴は椅子に括《くく》り付けられたナイジェルを指さした。筋肉質な肉体に縄目を這わせ、恥辱に震えながらも股間のものを勃起させた男を一瞥し、宝は吐き捨てる。

『……気持ち悪い』

『…フッ、ウウッ…』

とたんにナイジェルは四肢をばたつかせ、椅子ごとがたがたと揺れた。ずっと年下の、それも愛人に堕としめてやろうとしていた宝に蔑《さげす》まれ、屈辱を覚えたのだろうか。それにしては股間のものがだらだらと先走りを垂れ流し、醜態を晒しているけれど。

『気持ち悪いよね。僕もそう思うよ』

『おにいちゃんも？』

『うん。…こういう気持ち悪い獣を躾けてやるには、どうすればいいかな？』

股間をズボン越しに優しくさすられながら問われ、宝は一生懸命考えた。項《うなじ》を舐め上げられ、もう一方の手でシャツのボタンを外され、直接胸の肉粒を弄《いじ》られてはなかなか集中出来ないけれど、どうにか答えをひねり出す。

『……ちゃんと言うことを聞くよう、懲らしめてやればいいと思う』

合っているかどうか心配だったが、兄はふっと耳元で笑い、項を強く吸い上げてくれた。

『正解。僕の宝はやっぱりお利口さんだね。宝を産んだ者として、誇らしいよ』

『本当？　…えへへ、嬉しいっ』

背中から寄りかかる宝を、美鶴は小揺るぎもせず受け止めてくれる。尻に当たる熱く硬い感触に忘れかけていた飢えがぶり返し、はあ…、と宝は期待の息を吐き出した。

……早くこいつを躾けちゃえば、おにいちゃんにミルクをもらえる……。

考えてみれば、朝もらったきりミルクを飲んでいないのだ。お腹が空くのも当然である。

赤ちゃんは泣いて可愛がられてミルクをもらうのが仕事だと美鶴も言っているのに、こいつらのせいで…！

『宝。…守ってくれてありがとう。僕の代わりに、ナイジェルを懲らしめてくれる？』

『…う…、うん。…うん、うんっ！』

滴《したた》る蜜のように甘い囁きに、宝は奮い立った。ずっと宝を守ってきてくれた美鶴に、こんなふうに頼られるのは初めてだ。

美鶴に安心してもらうためにも、一刻も早くナイジェルを従順な豚にしなければならない。でも、具体的にはどうやればこの極悪非道な男を懲らしめてやれるのだろう？

……うん？

『ウウ…ッ、グ…、ッ……』

欲情に滾る青い瞳が、宝のはだけた胸元に注がれている。美鶴の手が差し入れられ、見えそうで見えない肉粒を、何とか見極めようとするかのように。

……ああ、そうか。こいつは……。

少し観察するだけで、宝は理解した。この男は柾鷹と同じだ。恋い焦がれる聖母たる美鶴が宝を可愛がる姿に嫉妬の炎を燃やし、身悶える。

——ならば、見せ付けてやればいい。美鶴に愛《め》でられる宝の姿を。思い知らせてやればいい。美鶴と宝の間には、誰も割り込めないのだと。

『……おにいちゃん……』

宝はナイジェルと柾鷹を順繰りに見遣ってから、おもむろにベルトを外した。宝自身よりも宝を知る兄は、それだけで弟の意図を察してくれる。

『可愛い僕の宝。…ミルクが欲しいの？』

『うん…。宝、お腹空いて、もう我慢出来ない……』

尻を押し付けながらねだれば、可哀想に…、と美鶴は囁き、下着ごと宝のズボンをずり下げてくれた。熱を孕んだ性器が露わになったとたん、ナイジェルは大きく身じろいで椅子を揺らし、柾鷹は跳ね起きようとして佑真に羽交い絞めにされてしまう。

「…放せよっ！　あんただって、わかってるんだろ？　あいつらはおかしいって…兄さんは、悪魔《みつる》に洗脳されてるって！」

「知ってるか、坊や？　正しいことが真実なんじゃない。正しいとより多くの人間に信じさせたことが、真実になるんだよ。…そこの女王陛下みたいにな」

「…そ…、そんな…っ…」

青ざめた柾鷹は、宝に見られているのに気付いて叫ぼうとするが、寸前で丸めた佑真のハンカチを口内に押し込まれてしまった。

柾鷹が必死に吐き出そうとする間に、佑真は柾鷹を素早く後ろ手に縛り上げ、床に押し倒してしまう。何度もこんな行為を繰り返しているような、鮮やかな手並みだ。

「そんなわけで、女王陛下と王子殿下。この坊やは俺に任せて、存分に禿鷲野郎を懲らしめてやってくれ」

従僕よろしく胸に手を当ててみせる佑真に跨られ、柾鷹はなおもじたばたともがいているが、抜け出せそうもない。佑真が美鶴以外に興味を示すとは思わなかった。それだけ柾鷹の顔が美鶴に似ているということなのか、単に柾鷹が佑真の好みに合ったのか。わからないが、佑真に目を付けられたら酷《ひど》い目に遭わされることだけは確かだ。

『…おにいちゃん、お願い…』

柾鷹が罪の報いを受けると思っただけで、胸がすかっとして、その分よけいにお腹が空いてしまった。傍にあったアンティークのフロアスタンドを支えに尻を突き出し、ふるふると振れば、美鶴は躊躇い無く跪き、割り開いた宝の尻のあわいに舌を這わせる。

『あ……っ…！』

『……ッ！』

ほんの一メートルほど前で、ナイジェルは猿ぐつわの隙間から熱に染まった息を吐き出した。みっともなく股間をそそり勃《た》たせたままの醜い獣にひたと視線を合わせ、舐められただけで勃起した性器を見せ付けながら、宝は尻を揺らめかせる。

『あん…っ、あっ、おにいちゃん…、おにいちゃぁん……』

『ウウ、グッ、ウウウ、ウッ…』

『大好き…、おにいちゃんだけが、宝は大好き。早く…、早く、お腹いっぱいにしてぇ……』

『ウ、……ウーッ、ウウーッ…！』

宝が甘くさえずるたび、ナイジェルはあらん限りの力でもがき、猫脚の椅子をぎしぎしと軋《きし》ませるが、佑真が施した縄の拘束は微塵も緩まない。筋肉の盛り上がった両腕もアームレストにしっかり縛り付けられているから、伸ばすことも出来ない。唯一可能なのは、美鶴に愛してもらう宝を凝視すること。たったそれだけ。

『…あぁ…っ、あん…っ、…ああ…、おにい、ちゃんっ…』

欲情と絶望がない交ぜになった青い瞳と、優しく蕾を濡らしてくれる舌の感触に、宝はうっとりと酔い痴れた。早くミルクが欲しくて腰を振れば、舌の代わりに指が這わされる。

『……あぁぁ…っ…！』

根元まで差し入れられた兄の指に、飢えた媚肉は歓喜にざわめきながら喰らい付いた。本当に欲しいのはミルクを注いでくれる肉刀だけど、兄がくれるものなら何だって愛おしい。

反り返り、震える宝の性器に、ナイジェルの血走った目が絡み付く。実体など無いはずのそれは確かな質量と熱を孕み、宝をじわじわと蝕んだ。

……おにいちゃんを汚そうとした、豚のくせに。

犯した罪に相応しい罰を与えられている最中なのだから、豚は豚らしく、もっと謙虚で惨めったらしい姿を晒さなければならないのだ。痛め付けるだけでは駄目だと美鶴は言ったけれど、時には痛みを与えてやることも重要なはずである。

『あ……』

くちゅくちゅと腹の中をかき混ぜられ、揺れる視界が、細長いものを捉えた。革製の鞭だ。

どうしてこんなものが床に落ちているのかわからないが、これならじかに触れず、距離も保ったまま生意気な豚を懲らしめてやれる。

『ウォオッ……！』

拾い上げた鞭をさっそく振るい、股間の醜悪なものを打ち付けてやれば、ナイジェルは椅子ごと引っくり返ってしまいそうな勢いでのけ反った。悲痛な叫びは獣の咆哮《ほうこう》めいて、宝の愉悦を煽《あお》り立てる。

『…ふふ…っ…』

鞭をしならせながら笑うと、ナイジェルはひゅっと息を呑んだ。そう言えば、お愛想以外の笑顔をナイジェルに見せたのは初めてかもしれない。白い頬がみるまに染まっていくのは、年齢も経歴も格下の東洋人に蔑まれた屈辱ゆえだろうか。

『ウ…ッ、ウウ、グウッ…！』

ぎょろぎょろと忙《せわ》しなく動き回る青い瞳。ひっきりなしに漏れる鳴き声。元々刻まれた模様だったかのように、白い肌にしっくり馴染んだ複雑な縄目。

鞭打ってやるたび人間らしさと尊厳を失い、獣へ近付いていくナイジェルが、宝はほんの少しだけ可愛くなってしまった。犬猿の仲の兄と弟にも、今の姿を見せてやればいいと思う。そうすれば彼らもナイジェルの可愛さに気付き、無益な争いなどやめるだろうに。

『……宝……』

そっと鞭を取り上げた美鶴が、蕾から指を引き抜いた。ベッドの端に腰を下ろし、ズボンの前をくつろげて宝を手招く。

『…あ…、あっ、…おにいちゃん、おにいちゃんおにいちゃん…！』

隆々とそびえる肉刀を目撃した瞬間、ナイジェルの存在は頭から吹き飛んだ。痛いほど張り詰めた性器をさらけ出したまま兄に駆け寄り、邪魔なブーツとズボンと下着を纏めて脱ぎ捨て、靴下だけになった下半身で向かい合わせに兄の膝に跨る。

『可愛い宝。……たくさんお飲み』

『ん…っ、あ、…あぁ、ああ――……！』

兄があてがってくれた切っ先に身を落とすだけで、丁寧に解《ほぐ》された蕾は太く長い刀身を従順に呑み込んでいく。むっちりとした肉の質感と、内側から腹を拡《ひろ》げられる感触に飢えを煽られ、宝は美鶴の首筋に縋り付いた。

『…おにいちゃぁん…、好き好き…、大好き…、宝は、おにいちゃんだけのもの…っ…』

だから宝を美鶴でいっぱいにして欲しいとねだるまでもなく、美鶴は上向いた宝の唇に己のそれを重ねてくれた。当然のように侵入してくる舌を、宝は歓喜に震えながら受け容れる。

……ああ…、おにいちゃん…、おにいちゃんで、いっぱい……。

ずんずんと下から突き上げられ、宝は引き締まった腰に両脚を絡める。

上の口も下の口も美鶴に満たしてもらうこの幸福を味わえるのは、宝だけだ。いつの間にか素裸で緊縛され、佑真に跨られてがくがくと揺さぶられている柾鷹も、狂気の滲んだ咆哮を上げ続けているナイジェルも、美鶴に指一本触れてもらえない。

可哀想な人たち。可哀想な、可哀想な、可哀想な……可愛い雄豚たち。

『…ん…、ふ、うぅ…ん…っ…！』

鼻にかかった甘い嬌声《きょうせい》をたなびかせ、宝はどぷどぷと注がれるミルクを受け止めた。唇を重ねたままきつく抱き締めてくれるのが嬉しくて、腰に絡めた脚に力を込める。美鶴のものとミルクで満たされた腹がひしゃげるほど密着していれば、ミルクが隅々まで染み通り、飢えを癒やしてくれる。

『…、…おにいちゃん…』

柾鷹とナイジェルの悲鳴に耳を澄ましながら、どれほどそうしていたのか。宝がそっと美鶴の唇を舐めると、美鶴は無言で抱擁を解いてくれた。未だ逞しさを保つ肉刀を弟の腹から引き抜き、促すように背中を叩いてくれる。

『おにい、ちゃん……』

濡れて脈打つ刀身にごくりと唾を飲み、宝はベッドの中央まで下がった美鶴の脚の間に跪いた。焼けるような視線を感じ、尻を高々と持ち上げる。呑み込みきれなかったミルクが、美鶴の形に綻んだ蕾から溢れ、尻たぶから太股をどろどろと伝い落ちていく。

『グ、…グゥゥウ…ッ…』

ひときわ苦しげな呻き声と椅子のがたつく音が、宝をうっとりとさせた。宝こそが美鶴の可愛い赤ちゃんなのだと思い知らされ、青い瞳は絶望と狂気に染まっているに違いない。振り向いて確かめたいけれど、飢えには勝てず、上体を屈《かが》めて兄の濡れた刀身をしゃぶる。

『…ん、ん…ぅっ、ふ、…ぅ…』

いい子、いい子と頭を撫でてくれる手が、たまらなく気持ちいい。喉奥の感じる場所に当たるよう切っ先をずっぽりと咥え込み、張り詰めたままの性器を揺らしながら小刻みに尻を振る。

一度も達していない性器は、最後に美鶴の口で優しく解放してもらうのだ。宝の身体は髪の一本から爪先に至るまで、産んでくれた美鶴のものなのだから。

『う……、ん、んー……っ…』

どくんと弾《はじ》けた切っ先が、喉奥に大量のミルクをぶちまけた。ゆっくり身を引いた美鶴に頬を撫でられ、宝もまた身を起こし、あーんと口を開けてみせる。

『…うん。いいよ、ちゃんと味わってからごっくんして』

ミルクがしっかり口内で泡立っているのを確かめると、美鶴は微笑んでくれた。宝が言われた通りミルクの甘さやとろみをじっくり味わい、しっかり嚥下《えんげ》するところまで優しく見守ってくれる。初めて身体を重ねて以来、幾度となく繰り返されてきた行為だ。

『お腹いっぱいになった？』

『…うん。でも、もっと欲しくなっちゃった』

腹を押さえ、正直に答えると、美鶴はふふっと笑って頭を撫でてくれる。

『豚を懲らしめたりさせたから、よけいにお腹が空いちゃったんだね。…いいよ、いくらでもあげる。宝がお腹いっぱいになって眠れるまで』

『ありがとう、おにいちゃん！』

宝は破顔し、兄の胸に抱き着く。

さっそくベッドに横たわり、今度は仰向けでミルクを飲ませてもらおうとした時だった。がたんっと、今までとは比べ物にならないほど大きな音が響いたのは。

『ウウ、ウッ…、タ、…ァ、…タカ、ラ……』

椅子ごと床に転がったナイジェルが、縛られたままの四肢を必死にばたつかせている。叩き付けられた時の衝撃で猿ぐつわが外れたのか、自由になった口から漏れるのは宝の名前だけだ。相当痛かっただろうに、血走った青い瞳は宝だけを捕らえて放さない。

……どうして、おにいちゃんじゃなく俺を……？

戸惑う宝に、美鶴が優しく教えてくれた。

『宝。…ナイジェルはね、宝の豚になりたいんだよ』

『豚……？』

『宝の前では醜い本性を剝き出しにして、ブヒブヒ鳴いて慈悲を乞う。宝に踏みにじってもらうためならどんな命令にも従う。…そういう雄豚に、ナイジェルはなろうとしているんだよ』

これも宝がきちんと懲らしめてやったからだよ、と誉《ほ》められるのも、ナイジェルがもう二度と自分たち兄弟に歯向かわないのも嬉しいけれど、雄豚にしてやるにはどうすればいいのか。尋ねるまでもなく、美鶴が導いてくれる。

『――踏んであげればいい』

『踏む……？』

『踏みにじって、心と身体に刻んでやるんだ。…自分の所有者が、誰なのか』

どこを踏めばいいのかは、もはや聞かなくてもわかる。一番敏感で、一番弱いところだ。男のそういうところと言えば、一つしかない。

宝はシャツを脱ぎ捨て、靴下だけの姿になると、床に転がっていたブーツを履いた。がたがたともがいていたナイジェルは、宝が目の前に立つやぴたりと静まり、陶然と見上げてくる。

『タカラ、……タカラ……』

『…俺の豚になりたい？』

イエスと答えかけ、ブギィッと鳴いてみせたのはさすがの機転だ。

宝は艶然と笑い、ブーツを履いた足を振り上げる。内股を蕾から溢れたミルクが伝い落ちる。

『いいよ。……じゃあ今日から、お前は俺の豚だ』

『ピッ……、ピギィィィィッ……！』

勃起したままの股間を思い切り踏み付けてやった瞬間、新たな雄豚の歓喜の鳴き声が響き渡った。

「日真《にっしん》食品のCM、人気漫画のWEBドラマの主役、東京ガールズフェスティバルのサプライズゲストに…ドラマの打診まで来てるのか」

自分一人だけが残った、真夜中のオフィス。

タブレットに表示された一覧表を確認し、佑真は感嘆した。どれを取っても、芸能界デビューした者なら一度は憧れる一流どころからのオファーばかりだ。全てこの一月足らずの間に、宝に舞い込んだものである。

引退した今もなお『聖母《ヴィエルジュ》』と称えられ、信者めいたファンを数多持つ美鶴と、その実弟であり、人気急上昇中の宝。兄弟が華やかなステージ上で共演した『アラン・ガブリエル』とナイジェル・フェアフィールド率いる『アクイラ』の新ブランド『レグルス』の共同コレクションは、開催前から注目を浴び、大喝采の中幕を下ろした。

異様な競争率を勝ち抜いてプラチナチケットを入手した観客たちは、ステージ終了のアナウンス後も長時間立ち退かずに兄弟の再登場を熱望し、バックステージに雪崩《なだ》れ込もうとした者まで続出した。警察の出動に至らなかったのは、事態を予測していた主催者…ナイジェルが通常のコレクションの三倍の警備員を動員していたおかげだ。

『…私の主君。私の王子《レグルス》……！』

美鶴と宝と佑真、そしてナイジェルと柾鷹。五人で過ごしたあの夜、狂った宴《うたげ》が終わった後、ナイジェルはすっかり宝の従順な雄豚に変貌を遂げていた。自ら四つん這いになり、宝に蹂躙されて歓喜の雄叫《おたけ》びを上げる姿は、美鶴に対するアランのそれにそっくりだ。美鶴の掌中で大切に守られていくだけの子だと思っていたのに、血は争えないものである。

…ナイジェルが本当に手に入れたかったのは、美鶴ではなく宝の方だろう。

兄弟の存在に嫌悪感しか抱いていなかったナイジェルは、たった一人の兄を無邪気に慕い、どこへ行くにも付いて回り、必死に牙を剝いて守ろうとする宝の姿に惹かれていったに違いない。だがそんな自分の心の変化を認められず、あくまで成功のために美鶴を得たいのだと思い込み、柾鷹の協力を得て一気に畳みかけようとした。そこを予想済みだった美鶴に返り討ちにされた挙句、宝から想定外の反撃に遭い、剝き出しになった本心を貫かれてしまったのだろう。

美鶴がナイジェルを調教する光景を目撃しても、美鶴に対する宝の信頼が揺らがないことは予想済みだった。生まれた時から…否、生まれる前から刷り込まれてきた愛情が、そうそう簡単に剝がれ落ちるはずもない。

だが、そこから先の展開は完全にシナリオから外れてしまった。まさか宝が自らナイジェルを懲らしめるとは思わなかった。機転を利かせて宝を導いてやった美鶴も、内心では驚いていたのではないだろうか。

それでも美鶴があの場でナイジェルを排除しなかったのは、そろそろ宝にも従順な雄豚が必要だと判断したからだ。美鶴譲りの才能に恵まれた宝は、これから大きな舞台へ羽ばたいてゆく。美鶴と佑真だけでは守る手が足りない場面も出て来るだろう。そんな時、身を挺《てい》して…場合によっては命懸けでも宝を守り、平時においては利益をもたらし続けるのがナイジェルの役割だ。美鶴にとってのアランがそうであるように。

そして、佑真は……。

「……本当に来たのか」

人の気配を感じて顔を上げ、佑真はレンズの奥の目を見開いた。オフィスの入り口に佇んでいるのは、ニット帽を目深《まぶか》にかぶった柾鷹だ。

「この時間に来いって言ったのは、あんたじゃないか。…本当にエントランスのセキュリティ突破出来たから、びっくりした」

「そりゃあ、お招きしたからな。門前払いなんてしないよ」

近くの応接セットに移動し、向かい側のソファを勧めてみるが、柾鷹はその場から動こうとしなかった。いつでも逃げ出せるよう身構えている。

それもまあ当然かと嘆息し、凝った眉間を揉み込んでいると、柾鷹は苛々と足を踏み鳴らした。

「…あんた、俺に何をさせたいんだよ」

「うん？　どういう意味だ？」

「とぼけるなよ。…こんなものを送り付けてきたんだ。俺を脅迫するつもりなんだろ⁉」

ばしん、と柾鷹が投げ付けた写真の束が、テーブルの上に散らばった。

被写体は柾鷹自身…ナイジェルが雄豚に成り下がったあの夜、佑真に仕置きをされて何度も絶頂を極め、失神した後に撮ってやったものだ。男に凌辱《りょうじょく》されたのだと一目瞭然のショットばかりなのは、勿論柾鷹の口を塞《ふさ》ぐためだが、それ以外にも目的がある。

「馬鹿だなあ。俺はお前を守ってやったんだぞ？」

「はぁっ……？」

「お前も言ってたが、美鶴は聖母の姿をした悪魔だ。俺がこうしてお前に首輪をつけなきゃ、最悪どこかの山中か海の底にでも沈められることになってたぞ」

宝を脅《おびや》かすものに、美鶴は一切の容赦をしない。柾鷹が今まで生かされていたのは、あくまで宝が美鶴を恋人として受け容れる手助けをしたのと、始末するほどの脅威ではないと看做《みな》されていたからだ。

しかし柾鷹は、己が消される価値のある脅威だと自ら証明してしまった。佑真が興味を示さなければ、今頃確実に命は無かったはずだ。

「…そんな…、いくら美鶴でも、そこまでは…」

「しないと思うか？」

思うと即答しないあたり、柾鷹も心の底では美鶴の本性を理解しつつあるのだろう。

佑真はふっと笑い、凌辱の痕を晒した写真の中の柾鷹に指を這わせる。…あの夜、幾度となくそうしてやったように。

「っ……、あんた……」

「そろそろ、身体が疼いてたまらないんじゃないか？」

口元に運んだ指先を見せ付けるように舐めてやれば、柾鷹は真っ赤になって反論しようとした。

だが、佑真にまっすぐ見詰められただけでしおしおと項垂れ、振り上げていた拳も下ろしてしまう。

「……忘れられないんだろう？」

視線を合わせたまま立ち上がると、柾鷹はびくんと身を竦ませた。しかし逃げ出さない。肩にかけていたショルダーバッグを抱き締め、小さく震えている。

「あの夜、俺にされたことが忘れられないんだろう？　一人でするんじゃ満足出来なくて、俺に縋りに来たんだろう？」

柾鷹の背後の壁に両手をつき、唇が触れ合うほど顔を近付けてやる。

完全に退路を断たれ、柾鷹はあちこち忙しなく視線を泳がせていたが、とうとう吐き出した。

「…そう、だよ…」

「……」

「俺…、あんたにやられた時から、何をしても勃たなくなっちまったんだ。男とやっても、女とやっても駄目だった。なのに、…なのに…！」

悲痛な叫びと共に押し付けられた柾鷹の股間は、布越しでも明らかなほど熱く、硬くなっている。

外見は美鶴似でも、快感に弱すぎるその身体は宝に似てしまったのか。

「どうしてくれるんだよ…、俺をこんなにして、どうしてっ…」

嗚咽《おえつ》する柾鷹の頬を、佑真は両側から掌で挟み込んだ。ひくっ、としゃくり上げる唇に触れるだけの口付けを落とし、耳元に甘く吹き込む。

「…大丈夫。責任は取ってやる」

「責、任…」

「お前の身体は、これからずっと俺が満たしてやるよ」

——美鶴に似たその顔を保ち続ける限り、ずっと。

本音を艶めいた雄の笑みに隠し、佑真は眼鏡を外した。折りたたんだそれをスーツの胸ポケットに差し入れ、再び唇を重ね合わせる。

ニット帽を脱がせて現れた顔は、美鶴という至上の芸術品の劣化レプリカにしか過ぎないはずなのに、美鶴には決して感じない欲望を覚えるのは何故なのか…。

疑問は熱を増す一方の口付けに吸い取られ、溶けて消えていった。


ロイヤルブルーのカーペットが敷かれたランウェイを、高貴な猫を思わせる青年が渡って来る。

メンズモデルとしては決して長身とは言えないが、『レグルス』の白いノースリーブのフェイクファーに、しなやかな脚のラインに沿った白のパンツを合わせた姿は不思議な色香を匂い立たせていた。

つややかな唇が淡い笑みを乗せれば、観客席のあちこちから黄色い歓声が上がる。

青年が先端で踊るようにターンし、ポーズを決めると、今日のステージの最後を飾るラストルック——『アラン・ガブリエル』の女神《ミューズ》にして聖母《ヴィエルジュ》がランウェイに姿を現した。

純白のニットスーツに、唯一の彩りであるスカイブルーのショールを翻して優雅な一歩を踏み出したとたん、国内最大規模を誇る会場の時が止まる。ざわめきは静かな熱狂に沈み、興奮しきっていた観客たちは呼吸も、まばたきすら忘れ、聖母の一挙手一投足に見入る。あたかも聖母の奇跡を目の当たりにした、敬虔《けいけん》な信者のように。

　現役時代、メンズモデルでありながら『エレガント』の賛美を欲しいままにしたウォーキングを披露し、先端に辿り着いた聖母は、ショールを翼のように広げ、青年を背後から包み込んだ。青年はまるで抗わず、安心しきった…どこか恍惚とした表情で聖母の抱擁を受け容れる。

　聖母と青年に同じ血が流れていることは、会場内の誰もが知っていた。我が子を抱き締める聖母。荘厳で神聖な、それでいて背徳的な官能を漂わせる二人に、最前列《フロントロウ》に座っていた新ブランドの創設者、ナイジェルが満面の笑顔で盛大な拍手を送る。

『…王子《レグルス》！　聖母《ヴィエルジュ》！』

　呪縛から解き放たれたかのように観客の誰かが叫べば、声は瞬く間に会場じゅうに広まり、広大な空間は歓声と万雷の拍手で満たされていく。

　それは新興ブランドにとって、最高の船出を祝福する讃美歌《さんびか》だった。


「…また見ていたの？　宝」

　夢中で眺めていたタブレットが、横からひょいと取り上げられた。ぷうっと頬を膨らませ、宝はベッドに戻って来た兄を睨み付ける。

「…だって、起きたらおにいちゃんが居なくなっちゃってたんだもの。今日はずっと宝と一緒だって、約束してくれたのに」

「ごめんね、宝。よく眠っていたから、起こすのは可哀想だと思って」

「…おにいちゃんが居ないのに、寝てられるわけがない」

たくさん愛してもらって、ミルクも飲ませてもらって、満ち足りて眠りについたはずだったのだ。

それが急に寒気に襲われて目覚めれば、抱き締めてくれていた兄は居《お》らず、ベッドには宝一人だけ。寂しくて悲しくて、兄の慈愛に満ちた笑みが恋しくて、兄と初の共演を果たしたステージ――『アラン・ガブリエル』と『レグルス』の合同コレクションの映像を眺めていたのである。

兄――三枝美鶴が世界最高のファッションモデルの一人であることは、勿論わかっているつもりだった。けれど同じステージを踏んで初めて、その偉大さを本当に理解出来た気がする。万人の心を問答無用で引き寄せ、鷲摑みにして放さず、狂熱の渦に叩き込むようなモデルなんて、少なくとも宝は兄以外に知らない。

ランウェイに一瞬で君臨した美鶴が聖母の微笑を浮かべていなかったら…その腕に包んでくれなかったら、圧倒的な力量差に打ちのめされ、ひれ伏してしまったかもしれない。この世の誰よりも長い時間を共に過ごしてきた、宝が。

同じ血が流れていることを、あの時ほど恐ろしく…そして誇らしく思ったことは無い。

「…おにいちゃん…」

隣に滑り込んできた兄に、宝はもぞもぞとすり寄った。シルクのパジャマのボタンを外し、顔を埋めながらしがみつけば、美鶴はくすくす笑って宝の頬をつつく。

「もう、ご機嫌を直してくれたの？」

「んー……だって、おにいちゃんにぎゅってして欲しいから」

起きたばかりの頃は、置き去りにされたのが悲しくてたまらなかった。何で一人にしたのと美鶴を恨みもしたけれど、こうして同じ布団に包まれれば、思い切り甘えたい気持ちしかなくなってしまう。

「そういうところは、小さい頃と変わらないね」

願い通りぎゅっと宝を抱き締め、美鶴は背中を撫でてくれる。可愛がってもらった時のまま、裸の背中にしっとりとした掌が心地好い。

「…宝、小さい頃もこんなだったの？」

「うん。僕の姿が少しでも見えなくなるとたちまちむくれて、でも僕が傍に行くとすぐご機嫌になって抱っこをねだるんだ。とっても可愛かったよ」

「……今よりも？」

微かな不安と嫉妬にかられて問えば、美鶴は背中から腰に手を滑らせていく。ほんの数時間前刻んだばかりの愛撫《あいぶ》の痕を、なぞるように。

「宝はいつだって、今が一番可愛いよ。僕の赤ちゃんだもの」

「おにいちゃん……」

温かいものに胸を満たされ、宝は兄の白く滑らかな肌に吸い付いた。昨夜何度も太いものに貫かれ、熱いミルクを注がれた蕾に長い指を差し入れられると、鎮まったはずの身体に炎が灯《とも》る。

「…宝も、今のおにいちゃんが一番好き。何があったって、世界で一番大好き」

「宝…？」

「本当はね…、おにいちゃんと同じステージに立った時、嬉しかったけど…おにいちゃんには絶対に追い付けないかもしれないって、思っちゃったの」

同じ血が流れているからこそ、苦悩は深かった。同じ血を持つ兄弟…しかも兄の腕の中で育ててもらったのに、どうして自分は兄のようになれないのか。合同コレクションが評判を呼べば呼ぶほど、密かなコンプレックスに苦しんだ。

でも……。

「宝は、おにいちゃんの一番可愛い子なんだから…いつか、おにいちゃんと同じところに行ける。…そう、だよね？」

「…宝…、うん。宝なら、きっと」

「おにいちゃん…宝のこと、ずっと見ててくれる？　おにいちゃんが見ててくれれば、宝はどんなことだって頑張れるから」

束の間、尻たぶを撫でていた美鶴の手が止まった。どうしたのだろうと疑問を覚える前に、宝の弱いところを知り尽くした指が蕾をなぞる。

「…勿論だよ。宝がどこに行っても、何をしていても、僕はすぐ傍で見詰めている。…可愛くて愛しい、僕の子どもを」

「おにいちゃん……っ！」

愛おしさが弾け、宝は兄に覆いかぶさった。現役を引退してもトレーニングを欠かさない身体は、小柄な弟をやすやすと受け止める。体重をかけても、びくともしない。

不世出の彫刻家が丹精込めて彫り上げたような、逞しいのになまめかしい胸板。官能的なラインを描く腰。

優しげで気品に満ちた美鶴が、衣服の下にこんな蠱惑《こわく》的な肉体を隠しているなんて、きっと知っているのは宝だけだ。

「ん、…おにいちゃん…、好き…大好き…」

「僕もだよ、宝…」

兆し始めた肉茎を擦り付けながら、ちゅ、ちゅうっと兄の乳首を吸いしゃぶる。男のそこが甘くて美味しいなんて、美鶴に愛してもらうまでは知らなかった。

……ううん、違う。おにいちゃんだからだ。

美鶴の身体の一部だから、こんなに美味しく感じるのだ。美鶴が幸せそうに髪を撫でてくれるのも嬉しくて、つい夢中になって貪ってしまう。

宝が生まれたばかりの赤ん坊の頃、なかなか母親のおっぱいを吸おうとせず、亡き母の葉月《はづき》はずいぶん苦労したらしい。そのくせ美鶴が用意した哺乳瓶《ほにゅうびん》には喜んで吸い付き、ミルクを飲ませてもらっていたというのだから、生まれた時から宝は宝だったのだろう。

「…あ、あぁ…、おにい、ちゃん…」

ミルクのことを考えていたら何だかお腹が空いてしまって、宝はもじもじと腰を揺らした。言葉など無くても、美鶴はちゃんとわかってくれる。

「ふふ…、宝。ミルクが欲しくなっちゃったの？　昨日、あんなにたくさん飲んだのに」

「ん…、ごめん、なさい…」

「いいんだよ。宝は赤ちゃんなんだから、いっぱい飲んでお腹いっぱいにならないとね」

あやすように囁きながら、美鶴はパジャマごと下着を下ろした。宝の蕾にあてがわれた肉杭《くい》はすでに熱を帯びて猛《たけ》り、宝は歓喜で蕩けそうになってしまう。

「あっ、あぁ、あ…っ…」

昨夜たっぷり愛された蕾は、解されなくても容易《たやす》く美鶴を迎え入れた。二人の間に挟まれた宝の肉茎も勃ち上がり、歓びの涙を流している。

「…あ…ぁ、おにいちゃん、…おにいちゃん…」

腹の中の美鶴をきゅうっと媚肉で食み締めると、ひとりでに腰が揺れた。兄の腕《かいな》に包まれ、僅かな隙間も無いくらい肌を重ね合わせ、蕩けた眼差しを絡めて…どこもかしこも兄に満たされる。

……おにいちゃんの子に生まれて、良かった。

美鶴と一つになるたび、宝は己の幸運を噛み締める。美鶴の子でなかったら、こんなふうに愛してもらうことはおろか、出逢《であ》うことすら無かっただろう。美鶴の居ない人生なんて、想像するだけで死にたくなる。

「…ねえ…、おにいちゃん。宝のお願い、聞いてくれる…？」

「ああ…、勿論だよ、宝。宝のお願いなら、どんなことだって叶えてあげる」

宝にしか与えられない甘美な微笑みに、とくんと胸が高鳴った。募る愛おしさのまま、宝は快楽にかすれた声で兄にねだる。

「あのね…、生まれ変わっても、また、宝を産んでくれる？　…宝、おにいちゃん以外の子になりたくない。いつだって、おにいちゃんの子でいたい…」

「宝…、…ああ、僕の宝…！」

　くるりと視界が回り、気付けば繋がったまま体勢を入れ換えられていた。

　大きく開かせた宝の脚の狭間に、美鶴は腰を突き入れる。聖母と賛美される笑みとは裏腹の、宝の細い腰が軋むほどの荒々しさで。

「ひぁあ、あっ！」

「いい子…、いい子だね、僕の宝は…」

　ぐちゅぐちゅぐちゅと、猛る肉杭を打ち込まれた腹の中が粘ついた音をたてる。一番奥にミルクを出して欲しくて、宝は引き締まった腰に脚を絡めた。

　分かたれていた肉体が溶け合い、混じっていく悦楽。美鶴の腹から生まれて来られなかったからこそ、一つになれるこの瞬間が何よりも愛おしい。

「…約束するよ。何度生まれ変わったって、宝は僕が産んであげる」

「あ、あんっ、おにいちゃん…っ」

「宝は僕の子だよ。…僕だけの、可愛い、子どもだ…っ…」

……ああ、早く宝の中でいって。おにいちゃんのミルク、ちょうだい……！

　背中に爪をたて、縋り付いた宝の願いを、美鶴は叶えてくれた。最奥まで貫いた肉杭が、待ち望んだものをぶちまける。

「…はぁ、…あ、あぁ…」

腹の中に熱いミルクがじわじわと広がり、染み込んでいく。

うっとりと酔い痴れながら、宝は兄の紅く柔らかな唇に吸い付いた。何度もついばみ、腹の中の美鶴を食い締める。…まだ、離れたくない。このままでいたい。宝の気持ちを、美鶴は何も言わなくても理解してくれる。

兄の胸に抱かれ、荒かった呼吸が落ち着いてくると、小さな疑問がむくりと首をもたげた。

「…おにいちゃん…さっき、どこに行ってたの？」

「うん…？　どうしたの、いきなり」

「だって、宝を置いて行っちゃうくらいだから…何か、あったのかと思って」

宝よりも大切な用事があったのかと、本当は聞きたかったが、困った子だと思われたくなくて呑み込んだ。けれど、美鶴に隠し事なんて出来るわけがない。

「佑真から電話があったんだ。宝を起こしたくなかったから、リビングに行っただけだよ」

「…本当に…？」

「本当だよ。…宝よりも大切なものなんて、あるわけがないでしょう？」

聖母の微笑みが、心に刺さっていた小さな棘を溶かしてくれる。尖らせていた唇を綻ばせ、宝は兄の胸に顔を埋める。

「佑真、何だって？」

妙な間の後に、美鶴は笑みを深める。

「……面白い玩具《おもちゃ》を手に入れた、って」

「ええ？　玩具？」

そんなことを知らせるために、わざわざオフの日に電話してきたのか。明日会ったら嫌味の一つでもぶつけてやりたいが、面白い玩具とやらで遊ぶ佑真を想像すると、背筋がぞくぞくするのは何故なんだろう？

「…こら、宝」

「あ、んっ…」

ふいに腰を揺さぶられ、甘ったれた声が零《こぼ》れた。柔らかな頬を、美鶴はつんと突く。

「僕とこうしている時に、他の男のことなんて考えちゃ駄目でしょう？」

「…ご、ごめんなさい、おにいちゃん…」

許して、と唇を食んだら、駄ー目、と食み返された。けれど世界じゅうのファンを魅了する宝石のような双眸には、狂おしいほどの愛と情欲が宿っている。きっと昨夜みたいに…いや、昨夜よりももっとたくさん愛してもらえるのだろう。

宝だけの美鶴。……宝だけの聖母。

「……大好き……」

恍惚と囁く宝を抱き締め、美鶴はブルーの布団を引き上げる。

暖かな薄闇に、二人分の吐息が満ちていった。

あとがき

こんにちは、宮緒葵《みやおあおい》です。リンクスさんでは四冊目の本を出して頂けました。この『聖《せい》なる捕喰《ほしょく》』は、雑誌リンクスに掲載して頂いた分に、書き下ろしを加えたものです。ご好評だったおかげで、単行本にして頂けました。アンケートやご感想を下さった皆様、ありがとうございます。

母性って男性にもあるし、むしろ男性の方が強い場合もあるよな…と思ったのがこのお話を書くきっかけでした。今回、宝《たから》や佑真《ゆうま》以外の登場人物には鳥に関連する名前や渾名《あだな》を付けていて、その中だと美鶴《みつる》が一番弱そうなのですが、実は鶴は優美な外見に反してなかなか気が荒い上に凶暴な鳥だそうです。あの長い脚で容赦無く蹴ってくるわ、長いくちばしでがつんがつん突いてくるわで、油断していると人間でも大ダメージを喰らうという。特に雛《ひな》を抱えている時には凶暴ぶりに拍車がかかるそうなので、美鶴のイメージにぴったりだと思って付けました。

柾鷹《まさたか》は……名前に反してあんなことになってしまいましたが、最初からあの結末を考えていたわけではなく、イラストの亜樹良《あきら》先生が主要キャラのラフ画を下さった時、柾鷹は目と眉毛の形が美鶴と同じ、と添え書きをされていたのがきっかけだったのです。

あと、担当さんが『柾鷹にはスパダリと出会って幸せになって欲しいですよね！』とおっしゃっていたのもあり、佑真もある意味スパダリだし、美鶴と似た顔なら可愛《かわい》がってくれるのでは？　と思ってしまって…。まあ、二人の関係は始まったばかりですから、これからいくらでも変わっていけるでしょう。…たぶん、きっと。

最初のプロット通りの結末を迎えたのは、アランとナイジェルの雄豚《オスぶた》コンビだけですね。豚、豚と言われていますが、人並み以上に優秀ですから、これからも美鶴と宝のために役立ってくれるでしょう。

ちなみにモデルとしては、美鶴より宝の方が才能があるのかなと思います。美鶴は圧倒的な存在感で観客を魅了するタイプのモデルですが、宝は依頼によっていくらでも自分を変えていける変幻自在型のモデルです。そのうち俳優としても活躍し始め、色んな場所で新たな豚を作っては美鶴をやきもきさせるでしょう。

今回のイラストは、亜樹良のりかず先生に描いて頂けました。亜樹良先生、高貴で美しい聖母と王子をありがとうございました…！　お仕事をご一緒させて頂けるのはデビュー作以来ですが、相変わらずの麗しさに感動しました。

担当のT様、今回も色々と相談に乗って頂きありがとうございました。真昼間のオフィスで、何度も雄豚雄豚と連呼させてしまい申し訳ありません…。

そして最後に、ここまでお読み下さった皆様。いつも応援して下さり、本当にありがとうございます。普段と少し違うお話になりましたが、ご感想を聞かせて頂けると嬉《うれ》しいです。

それではまた、どこかでお会い出来ますように。

初出

聖なる捕喰	2019年 リンクス7月号掲載
聖なる堕落	書き下ろし

この本を読んでの
ご意見・ご感想を
お寄せ下さい。

〒151-0051
東京都渋谷区千駄ヶ谷4-9-7
(株)幻冬舎コミックス　リンクス編集部
「宮《みや》緒《お》 葵《あおい》先生」係／「亜《あ》樹《き》良《ら》のりかず先生」係

リンクス ロマンス

聖なる捕喰

2020年2月29日　第1刷発行

著者……………宮《みや》緒《お》 葵《あおい》

発行人…………石原正康

発行元…………株式会社　幻冬舎コミックス
〒151-0051　東京都渋谷区千駄ヶ谷4-9-7
TEL 03-5411-6431（編集）

発売元…………株式会社　幻冬舎
〒151-0051　東京都渋谷区千駄ヶ谷4-9-7
TEL 03-5411-6222（営業）
振替00120-8-767643

印刷・製本所…株式会社　光邦

検印廃止

ISBN978-4-344-84616-6 C0293
Printed in Japan

幻冬舎コミックスホームページ　https://www.gentosha-comics.net